AF191276

**Bibliografische Information der
Deutschen Nationalbibliothek**
Die Deutsche Nationalbibliothek verzeichnet
diese Publikation in der Deutschen National-
bibliografie; detaillierte bibliografische Daten
sind im Internet unter
http://dnb.d-nb.de abrufbar

Layout, Satz und Gestaltung:
kukmedien.de - Kirchzell

Herstellung und Verlag:
BoD GmbH, Norderstedt

ISBN: 978-3-8391-5238-6

Marianne C. Kruse

Ein Treffen in die Vergangenheit

… alle unter einem Dach

Diese Erzählung ist zum Teil
frei erfunden.

Vorkommende Ähnlichkeiten von Namen,
Bauwerken und Begebenheiten sind
beabsichtigt.

Nun stehe ich seit einer Ewigkeit wieder einmal hier auf dem geliebten Hof von Oma und Opa, und zwar ganz allein. Ich habe meine Cousinen und Vettern angeschrieben, sofern ich eine Adresse ausfindig machen konnte. Viele von ihnen habe ich seit langem aus den Augen verloren. Ob nun aber tatsächlich noch jemand kommen kann oder wird, ist ungewiss.

Dieses Haus war einmal mit Grund und Boden das Haus unserer Großeltern und auch unser zu Hause. Wir alle – wir waren damals zuletzt 10 Enkel – haben uns hier immer sehr wohl gefühlt. Viele von uns sind in diesem Haus geboren, und wohnten hier mit ihren Eltern bis sich die kleinen Familien eine eigene größere Wohnung leisten konnten.

Das Haus hat vier Wohnungen und die Größte von ihnen bewohnten die Großeltern bis zu ihrem Tode. Die anderen drei standen zu jeder Zeit für die Kinder oder Enkel offen. Als wir alle noch klein waren trafen sich alle Tanten und Onkel, auch wenn sie nicht im Haus wohnten, mit uns Kindern mindestens jeden Sonntag bei den Großeltern zum Kaffee. Für uns war jeder Sonntag ein Feiertag. Wir Kinder tollten im Garten oder Hof zwischen Enten und Hühnern herum. Etwas Schöneres hätte es nicht geben können.

Später zog aber nach und nach eine nach der anderen Familie aus dem schönen Ort aus.

Die Väter hatten nach 1933 alle wieder Arbeit bekommen und konnten ihren erlernten Beruf ausüben. So waren dann bald die Familien in aller Winde verstreut. Bei Oma und Opa wurde es ruhig. Eine Tante mit vier Kindern wohnte noch ganz in der Nähe der Großeltern in einem eigenen kleinen Haus. Wir, also unsere Familie, wohnten zu dieser Zeit schon etwas weiter fort, und wir konnten die Großeltern nur noch nach einer Bahnfahrt erreichen. Das geschah leider nicht mehr all zu oft, doch in den Ferien besuchten wir sie und das war immer ein großes „Hallo". Sämtliche Kinder waren zu dieser Zeit wieder beisammen. Die drei kleinen, leeren Wohnungen im Haus waren plötzlich voller Trubel und Lärm.

Bei Oma in der Küche war Hochkonjunktur. Es wurde gekocht, gebraten und gebacken. Opa holte den Sauerteig aus dem Keller und setzte einen Teig zum Brotbacken an. Am nächsten Morgen stand er meist schon in aller Herrgottsfrühe in der Küche und knetete den schweren Teig. Oma konnte die große Teigmenge nicht bewältigen, dazu war sie zu klein und zu schwach. Deshalb war diese Arbeit immer Opas Aufgabe. Wenn der Brotteig genug geknetet war, kam er in Holzmollen zum Aufgehen. Die Holzbehälter waren so etwa 80 cm lang und 40 cm breit. Sie waren vom Opa selbst gefertigt, denn er war von Beruf Tischler. Als Wanderbursche kam er in diesen schönen Ort und verliebte sich in unsere

Oma. Diese bekam als Erbe das Grundstück mit etwas Ackerland. So wurde bald gebaut, und nebenbei schafften sich die Großeltern die kleine Landwirtschaft an.

So, und nun zurück zu den Holzmollen. Der vom Opa fertig geknetete Teig wurde in den Holzmollen von uns Kindern zum Bäcker getragen. Wir waren immer eine ganze Karawane, die mit der Last los zog. Jeder sollte die schweren Holzbehälter ein Weilchen tragen, denn sie wogen schon einige Kilos. Niemand trug sie aber länger als ein Paar Minuten und übergab die Last unter Protest dem Nächsten. Manchmal sind dabei die Brotmollen auch in ziemlich wackelige Situationen gekommen. Schließlich sind wir aber doch immer heil mit dem Brotteig beim Bäcker gelandet. Viele Leute aus dem Dorf kamen jeden Tag mit Brot- oder Kuchenteig zum Bäcker. Die Kuchenbleche waren rund oder viereckig, aber immer riesengroß. Heutzutage würden sie in keinen Backofen mehr hineinpassen.

Am Nachmittag gingen wir dann den umgekehrten Weg und da das frisch gebackene Brot so angenehm duftete, beeilten wir uns. Unsere Oma hatte an diesem Brotbacktag auch immer ihren Buttertag. Die Sahne von einer ganzen Woche kam dann in ein Butterfass, und es wurde frische Butter gestampft. Übrig blieb dann davon noch eine ganz feine köstliche Buttermilch.

Meist erwartete uns Oma dann bereits, um uns alle zu verköstigen. Opa nahm gleich einen frischen Brotlaib und schnitt mit einem speziellen Messer für jeden eine dicke Brotscheibe ab, die Oma sogleich dick mit der frischen Butter bestrich. Dazu gab es frischen süßen Malzkaffee. Oh, wie hat uns das allen immer geschmeckt. Nie werde ich den Geschmack je vergessen. Immer wenn ich bei einem Bäcker frischen Brotduft einatme, schmecke ich Omas Butterbrote.

Oma und Opa hatten eine Milchkuh im Stall und oft auch ein Kälbchen. Öfters gingen wir mit in den Stall, wenn Oma die Kuh melkte. Wir sollten uns aber dann immer ganz still verhalten, damit die Kuh nicht unruhig wurde. Aber mit den Kälbchen war's immer schön, die haben wir geliebt, was waren die so niedlich, und sie haben sich auch immer von uns streicheln lassen. Ab und zu wollte ich auch mal die Kuh melken, jedoch hat es Oma nie erlaubt. Allerdings durften wir Kinder Stroh häckseln. Dafür gab es neben dem Kuhstall einen kleinen Raum, darin stand die Häckselmaschine. Das Stroh lag oben auf dem Heuboden, und von dort aus wurde es durch eine kleine Luke in den Häckselraum geworfen. Da waren wir Kinder natürlich immer gleich dabei. Oftmals, wenn Opa nicht aufpasste, lag gleich das Stroh für mehrere Tage unten.

Neben dem Kuhstall, auf der anderen Seite, war noch ein Schweinestall. Darin waren immer zwei größere Schweine und öfter auch noch einige Ferkel. Dort durften wir beim Füttern helfen. Oma kochte für die Schweine alle paar Tage einen Kübel Kartoffeln, die danach mit Körnern und Schrot vermischt in den Schweinetrog kamen. Die heißen Kartoffeln zogen uns Kinder immer an. Jedesmal, wenn Oma so einen Kübel Kartoffel gekocht hatte, waren wir zur Stelle. Wir suchten uns die Schönsten heraus, pellten sie ab und verspeisten sie mit Genuss. Manchmal gab uns Oma dann ein Stückchen Butter dazu, so schmeckte es besonders lecker.

Plötzlich wurden meine Gedanken auf dem Hof brüsk unterbrochen. Es klopfte am Hoftor. Man … was bin ich erschrocken, wo ich gerade so schön geträumt hatte. Ein Vetter von mir war meiner Einladung gefolgt und war doch tatsächlich noch angereist. Beinahe hatte ich nicht mehr damit gerechnet, dass sich überhaupt noch jemand sehen lässt. Schließlich war ich schon zwei Tage auf dem Hof. Etwas irritiert schaute ich wohl doch, denn den Vetter konnte ich nun überhaupt nicht einordnen. Ich strengte mein Gehirn an, welcher von den Vettern es wohl sein könnte, aber es fiel mir nicht ein. Er sah mein verdutztes Gesicht, lachte und sagte: „Hallo Anne, kennst mich wohl nicht mehr? Ich bin doch

Günter". „Meine Güte Günter aus Braunschweig. Klar jetzt erkenne ich dich auch wieder, aber dass gerade du kommst, hätte ich nicht erwartet. Du warst ja wohl schon länger als ich nicht mehr hier, und bei mir sind es jetzt schon an die 10 Jahre. Jedenfalls haben wir uns hier sehr lange schon nicht mehr getroffen. Wenn überhaupt von uns einer hier war, dann wohl immer jeder zu einer anderen Zeit. Wir, meine Familie und ich, wollten immer unseren Urlaub hier verbringen, aber wenn es dann soweit war, hatten die Kinder wieder andere Vorschläge, ja so ist das. Für ein verlängertes Wochenende so zwischendurch sind die 600 km zu weit zum Fahren. Aber nun sind wir hier, und ich freue mich, besonders gerade dich hier zu treffen, denn du Günter, du warst immer meine heimliche Liebe. Weißt du noch, du hast mir damals die ersten Tanzschritte beigebracht. Man, waren das noch Zeiten, was waren wir beschwingt und glücklich. Ich freue mich wirklich riesig, dich hier zu sehen. Kommen deine Brüder auch?" platzte es aus mir heraus. „Das glaube ich kaum", antwortete Günter, „sie wohnen doch drüben überm Wasser, da ist der Weg wohl doch etwas zu weit". „Ach sie leben jetzt auch in USA? wusste ich gar nicht. Das wäre dann tatsächlich etwas zu weit bis hier. Sie können wir also auch abhaken. Bin wirklich gespannt, wer sich sonst noch blicken lässt, aber wenigstens du bist gekommen", freute ich mich.

Eine halbe Stunde später bremste ein Auto, hupte einmal ganz kurz und hielt. Günter und ich gingen gemeinsam zum Hoftor und schauten nach. Es war eine etwas zickige Frau, beide mussten wir grinsen. Es war Ingrid, sie war in meinem Alter. Wir sind sogar ein Jahr zusammen in die Schule gegangen. Schon damals hatte sie immer einen auf Fein gemacht. Günter sagte leise zu mir: „Die sagt sicher zu sich selber Sie".

Ingrid stieg also aus dem Auto und schritt uns entgegen. „Na, alles in Ordnung, ist der Käufer schon da? Ich will mir hier nicht den ganzen Abend um die Ohren schlagen, dazu ist mir meine Zeit zu kostbar", sprach sie, und ging an uns vorüber. Günter knuffte mir in den Rücken und zog eine Grimasse. Sie schaute sich auf dem Hof um und meinte: „Ja, soll ich etwa hier draußen stehen bleiben und warten, bis sich was tut?" „Na nun Moment einmal, was hast du denn nun wirklich erwartet?" fragte ich sie. „Ich denke ich bekomme nun mein Erbe ausbezahlt, und kann wieder fahren", entgegnete Ingrid. „Oh ja, das ist gut. Du kannst wieder fahren, wenn du keine Zeit hast und es dir hier nicht gefällt. Aber mit dem Erbe, das dauert wohl noch etwas, das ist nun noch lange nicht so weit. Willst du dich hier zum letzten Mal noch etwas umsehen, ehe alles in fremde Hände kommt?" entgegnete ich ihr. Ingrid antwortete kurz darauf: „Also, ich kenne nun doch hier sicher jeden Stein, was soll ich denn hier noch herumschauen und meine Zeit vertrödeln. Mir wird schon übel, wenn ich nur daran denke, dass wir das Wasser aus der Pumpe holen mussten, und dann das Klo auf dem Hof. Es wird das Beste sein, ich lasse euch meine Kontonummer hier, und ihr überweist mir mein Geld. Seht nur zu, dass der Preis auch stimmt". Schon drehte sie sich um und wollte gehen. Günter entgegnete: „Wenn dir alles so egal ist, dann fahr wieder und gib uns vorher deine Bankverbindung. Wir werden alles zu deinen Gunsten regeln Gnädigste" und vollzog einen gekonnten Diener, ließ sich alle Unterlagen für die Bank geben und ging in den Garten. „Was hat der nur?" entfuhr es Ingrid, und sie ging, ohne sich von uns zu verabschieden zurück zu ihrem Auto.

Günter kam zurück: „Na ist die Gans nun endlich wieder weg? So etwas hätte ich von meiner Verwandtschaft nicht erwartet. Dann lass uns mal in Omas Küche gehen. Meinst du wir könnten uns einen Kaffee machen?" sprach er fröhlich. „Na klar", entgegnete ich, „habe alles dafür mitgebracht".

Genau in diesem Moment kam noch ein Auto angefahren, aus dem vier Leute ausstiegen. Günter und ich liefen unseren Vettern und Cousinen entgegen. Oh, war das eine Freude. Die Umarmungen wollten gar kein Ende nehmen. Was war es schön, sich nach so langer

Zeit in Omas Haus wiederzusehen. Schon auf der Straße ging es los mit, „weißt du noch ..." und so weiter. Dieter und Norbert hatten sich im Aussehen kaum verändert, die beiden hätte ich sofort wieder erkannt, ebenfalls Gisela und Elke.

Ein Glück, dass ich genügend Kaffee und Kuchen mitgebracht hatte, so konnten wir gemeinsam erst einmal gemütlich Kaffee trinken. Die Ankömmlinge hatten auch daran gedacht und steuerten noch einiges hinzu. Wir ließen es uns unter „Hallo" und „Lachen" gut schmecken.

Anschließend unternahmen wir noch zusammen einen Rundgang durch den langen Garten. Meine Güte, war der Haselnussstrauch groß geworden. Er war schon ein richtig großer Baum, und er war nun schon um einiges höher als das Scheunendach. „Ich glaube, so große Haselnusssträucher gibt es nirgendwo", sagte Elke, „Ich kann mich noch genau daran erinnern, wie klein er damals war, und wie wir darin herum geklettert sind". „Und der große Zwetschgenbaum. Ja, den hat mein Vater mit Opa gepflanzt", erzählte ich, „und ich habe dabei geholfen. Was hatten wir da schon für Pflaumen geerntet. Der Baum müsste aber dringend verschnitten werden, es wird Zeit, dass sich wieder einmal jemand darum kümmert. Weißt du noch Günter, du bist da mal hinauf geklettert, hattest dich versteckt und bist beinahe nicht mehr hinunter gekommen. Edith und ich, wir haben dir dann geholfen, aber du hattest dir die Beine dabei fürchterlich aufgeschrammt. Oma ist dann mit Jod gekommen, hat alles gesäubert, und du hast ziemlich gejammert. Oder wisst ihr noch, wie wir uns alle auf dem Heuboden versteckt haben? Opas Hund hatte durch das Heu einen Gang gebuddelt. Der ging doch rings um den ganzen Heuboden. Oft sind wir dann immer hinter dem Hund her gekrochen. Angst hatten wir nie, oder? Nö, keiner von uns hatte Angst, aber aufregend war`s immer. Nur Oma schimpfte, wenn sie so etwas mitbekam. Ach könnt ihr euch noch erinnern, wie der kleine Klaus vom Heuboden durch die Luke in den Häckselraum gefallen ist? Oh, war das eine Aufregung. Es ist ja zum Glück auch nichts weiter passiert, aber wenn er in die Häckselmaschine gefallen wäre, hätte es schlimm ausgehen können. Er hatte einen Schutzengel dabei, und er weinte nicht einmal. Was ist eigentlich aus ihm geworden? fragte ich.

Klaus war beruflich auch in Amerika. „Ach du meine Güte", entgegnete Elke, „alle sind so weit fort, wenn man doch nur noch für ein paar Stunden die Zeit zurück stellen könnte.

Wir betraten wieder den großen Hof und bleiben unter dem Walnussbaum stehen. Hier unter dem Baum saßen wir oft, er spendete schon damals wunderbaren Schatten. „Ach ja, und wenn es so richtig heiß war, hatte uns oft mein Vater hier eine Dusche aufgebaut. Im Garten stand eine Motorpumpe und mit einem Gartenschlauch führte er das Wasser bis hier her. Man ... und das war saukalt, mensch ... sind wir unter die kalte Dusche gesprungen. Ach war das schön", erzählte ich.

„Wisst ihr, was mir immer noch so gefallen hat, ihr werdet es nicht glauben", sagte Gisela, „das Klo war doch draußen". „Ja natürlich, ist es doch immer noch", antwortete ich. „Ja, ja weiß ich doch. Wir sind aber doch meistens zu zweit gegangen, denn es sind doch zwei Toiletten nebeneinander und dann konnte man sich so schön unterhalten. Manchmal haben wir sogar auf dem Klo gesungen", wusste Gisela zu berichten. „Ja", steuerte ich bei, „vor allem hast du dich mit Ute immer nach dem Mittagessen dorthin verzogen, wenn es hieß, alle beim Abwaschen helfen". „Ja, das stimmt, da hast du recht, auf dem Klo war's eben schöner als in der Küche beim Abwaschen". lachte Gieseela.

„Na gut, aber im Winter war es dafür weniger schön, da haben wir doch dort auch ganz schön gebibbert. Brrrrrr, wenn ich daran noch denke", sagte ich. Gisela antwortete fröhlich: „Ja schon, aber dann haben wir eben zu zweit gebibbert. So schlimm war's dann auch wieder nicht".

Im Winter wenn es richtig kalt war, ist auch öfter mal die Pumpe eingefroren. „Au backe", sagte Günter, „die Pumpe ist mir auch noch gut in Erinnerung. Einmal im Winter habe ich am Pumpenschwengel geleckt, und bin prompt mit der Zunge daran kleben geblieben". „Ja weiß ich noch, da war ich dabei", antwortete ihm Gisela, „man du hast aber auch immer die dollsten Sachen gemacht". „Stimmt schon, aber Wolfgang war schlimmer, der hatte doch sogar der armen schwarzen Katze mal etwas an den Schwanz gebunden und hätte es beinahe auch noch angesteckt. Zum Glück ist Oma dazu gekommen, stellte Günter fest.

„Wenn mir nicht immer so kalt gewesen wäre, würde ich sagen, wenn wir alle mit dem Bobschlitten auf dem zugefrorenen See waren, das war immer ein wunderbares Erlebnis. Wie oft habe ich im Winter wieder daran denken müssen. Zwei saßen immer auf dem Schlitten. Einer davon hat gelenkt, und dann hat noch einer angeschoben und sich, wenn der Schlitten gut in Fahrt war, auf die Kufen gestellt und ist mitgefahren. Man, wir waren schnell wie der Wind", wusste Gisela zu berichten. „Oft seid ihr doch auch mit den Schlittschuhen auf dem See gewesen. Ich hatte ja keine", sagte ich, „aber Spaß hatten wir jedenfalls doch alle. Allerdings mussten wir auch immer ganz schön aufpassen, denn die Fischer schlugen immer große Löcher ins Eis. Wenn man da mal hineingeschliddert wäre.... Zum Glück waren die größten Löcher unter der Brücke, dort sind wir dann lieber nicht hin. Was ich aber im Winter noch besonders schön fand, das waren die frühen Abende mit Oma und Opa am warmen Ofen. Wir hatten ja dann schon immer bei Zeiten gegessen, im Stall waren die Tiere auch versorgt, und so setzten sich die Großeltern mit uns in die warme Stube. Oma holte ihr Strickzeug oder Flickzeug hervor, Opa stopfte seine Pfeife und begann, von früher zu erzählen. In der Ofenröhre schmurgelten die Äpfel, die Oma schon am Nachmittag hineingelegt hatte, um am Abend für uns alle als Gaumenschmaus zu dienen. Wir bekamen die Äpfel ab und an mit einem Klacks Sahne oder mit Zucker und Zimt. Inzwischen erzählte Opa seine Geschichten. Ich überlege heute noch, ob Opa uns da etwas vorgeflunkert hat. Zum Beispiel erzählte er, einem Bauern aus dem Ort wurde ein Fahrrad gestohlen. Er ging daraufhin zu einer Wahrsagerin und wollte wissen, wo sich das Rad befindet, oder wo er es finden könnte. Die Wahrsagerin sagte ihm, er solle am Montag um Mitternacht zu der Spukbrücke gehen, dort werde ein Mann mit seinem Fahrrad vorbei kommen. Dann kannst du dir dein Eigentum wieder zurückholen. So soll es dann auch tatsächlich geschehen sein. Der Mann bekam sein Rad zurück. Ihr wisst ja noch, wo die Spukbrücke ist? Wir waren ja oft genug da. Habe aber nie gesehen, dass es dort jemals gespukt hat. Ja, und einmal erzählte Opa von einem Nachbarn, dem wurden innerhalb eines Tages alle Kühe krank. Die Wahrsagerin sagte ihm, es hätte ein anderer Bauer seine Kühe verhext, indem er vor der Stalltür einen Knochen vergraben hätte. Der müsste nun ausgegraben werden, und dann sollte ein großer, dicker Kräuterstrauß über die Stalltür aufgehängt werden. Die Kühe würden danach innerhalb einer Woche alle wieder gesund sein. Opa sagte, den Knochen hat man tatsächlich gefunden, und die Kühe waren danach auch bald wieder gesund. Der Kräuterstrauß soll noch lange über der Stalltür gehangen haben. Was mein ihr, ob Opa uns das alles vorgeflunkert hat?" sprudelte es aus mir heraus.

„Die Sommer am See waren natürlich auch nicht zu vergessen", meinte Günter nun wieder. „Unsere Eltern oder Oma packten uns dann unser Essen ein, und wir rannten schon gleich nach dem Frühstück los. Wir waren immer mindestens so fünf bis sieben Mann. Dann gab es schon auf dem Weg zum See ein Hallotria. Manchmal sind wir aber auch mit dem Rad gefahren, denn weit war es nicht bis zum See. Mehr als 25 Minuten haben wir nie gebraucht". „Wisst ihr noch, was der Wirt an der Badeanstalt für schönes Eis hergestellt hat? Man, das war immer lecker, aber so viel Taschengeld hatten wir leider auch nicht, um uns jeden Tag ein Eis zu leisten", erinnere ich mich.

„Es wird jetzt langsam kühl hier draußen. Wir sollten rein gehen. Habt ihr euch eigentlich alle eine Decke oder einen Schlafsack mitgebracht", fragte ich die anderen. Es hatte ein Jeder etwas dabei. Die letzten Ankömmlinge mussten ihre Sachen noch aus dem Auto holen. doch das war schnell erledigt. Sie hatten auch noch einen Schlaftrunk für alle dabei und nun konnte ja wohl nichts mehr schief gehen. Müde waren wir sowieso. Ein Paar Möbel standen noch in den Wohnungen, und Oma und Opas Wohnung war noch voll möbliert. So fand schon jeder seine Schlafstelle. Ich wünschte eine 'Gute Nacht und nun auf zum Federball', wie unsere Oma jetzt sagen würde, ganz nach dem Motto … 'mal alle in die Falle, morgen ist wieder ein Tag und wir haben noch viel vor'.

Ich dachte, ich bin früh dran, doch Günter und Gisela standen schon an der Pumpe und wuschen sich. Ich holte mir lieber eine Schüssel Wasser in die Küche, dort hatte ich mehr Ruhe zum Waschen. Danach setzte ich auch gleich Wasser für den Kaffee auf. Inzwischen trudelten alle bei mir in der Küche ein. Elke sagte, es wäre beinahe wie bei Oma und die Anderen stimmten ihr zu.

Nach dem Frühstück wollte Günter am liebsten zur Wiese, hinunter an den Wassergraben. Das war eine gute Idee von ihm und ein jeder wollte mit. Von dort hatte Opa jeden Tag eine Fuhre Gras für die Kuh geholt, und wir wollten Opa immer begleiten. „Fuhre ist gut", sagte Günter, „na gut eine Fuhre war's schon, aber nur eine Fuhre auf dem Hundewagen. Der war doch sicher doppelt so groß wie ein normaler Handwagen oder?" „Ja mindestens", steuerte Dieter bei, „und halb so groß wie ein Pferdewagen". Jedenfalls sind wir so oft wir konnten mit auf die Wiese. Opa mähte mit einer Sense das frische Gras, und wir hingen am Graben herum und beobachteten die Wasserflöhe und Blutegel, spielten mit dem Hund oder legten uns in die Wiese und schauten in die Wolken. Hat uns immer Spaß gemacht, es war nie langweilig. Wenn Opa dann den Hundewagen beladen hatte, spannte er sich und den Hund davor und ab ging es wieder nach Hause. Wir trabten hinterher. „Und denkt ihr noch an die Schmakaduzien, die Schilfrohrkolben, die wir uns im Herbst von dort mitbrachten, mit denen wir uns dann in den Keller setzten, um sie zu rauchen? Was waren wir doch für eine verrückte Gesellschaft, erzählte ich.

Die Kolben rauchten wir auch immer zum Zeitvertreib, wenn Rübensaft gekocht wurde. Man, da mussten wir den Saft mindestens acht bis zehn Stunden ständig rühren, bis es endlich Sirup war. Diese Arbeit lohnte sich dann aber auch. Der Sirup wurde in Omas großem Waschkessel gekocht. Opa hatte am

Tag zuvor im Waschfass die Zuckerrüben mit einer Bürste sauber geschrubbt, danach hat er sie im Kessel angekocht und etwas zerkleinert. Anschließend wurde alles in die große Saftpresse geschüttet, und Opas schwierigste und anstrengendste Arbeit konnte beginnen. Opa drehte die Kurbel und der Saft floss. Alle paar Minuten drehte er weiter. Des Nachts ist er öfter aufgestanden, um die Presse weiter zu drehen. Am Morgen waren die Rüben dann entsaftet, und der Saft konnte in den Waschkessel geschüttet werden. Oma hatte unter dem Kessel schon ein Feuer angefacht, und so konnte die Arbeit für uns Kinder beginnen. Der Saft musste die ganze Zeit gerührt werden, sonst wäre er über den Kesselrand geschäumt. Dafür gab es eine Spezialkelle. Die Rührkelle dafür war wie ein Haken. Sie bestand aus einem mindestens ein Meter langen Holzstiel mit einem Rührbrettchen der gleichen Länge, etwa 15 cm. breit und 2 cm. dick, versehen mit einigen Löchern. Es handelte sich also um eine ziemlich große Rührkelle. Das war auch gut so, denn der Kessel war ja mindestens einen Meter tief. Der lange Holzstiel ermöglichte es uns, nicht direkt am oder über dem Kessel zu stehen und zu rühren. Nun waren wir gefordert, und es war von Vorteil, dass wir immer drei oder vier Kinder waren. Für eine Person wäre die Arbeit viel zu langweilig und zu anstrengend gewesen. Wenn wir Glück hatten, und das hatte Opa oft so einrichten können, kalbte genau an dem

Tag eine Kuh, Oma melkte dann die erste fette Milch ab, und ehe der Rübensaft richtig fertig war, goss sie die Sahnemilch in den Zuckerrübensaft. Das schmeckte dann wie Sahnebonbon. Danach dauerte es nicht mehr lange, der Saft dickte ein, und wir waren endlich fertig. Der Sirup konnte in große Gläser und Krüge gefüllt werden. Am nächsten Morgen gab es dann zum Frühstück die erste Kostprobe vom neuen Sirup.

Gerne erledigten wir auch Besorgungen in der nächsten Kleinstadt für Oma oder die Eltern. Wir sind dann immer gleich zu viert oder zu fünft losgezogen. Der Weg war uns nie zu weit und die 5 km haben wir mit Singen und Schabernack schnell hinter uns gebracht. Zuerst gingen wir durch alle Geschäfte, denn zu sehen gab es allemal etwas. Vor allem im Haushalts- und Spielwarenladen. Die Inhaberin kannte uns schon. Beim Pferdeschlächter machten wir auch immer Halt, da konnten wir schlecht vorbei gehen. Wir holten uns dort jeder eine Boulette, sie war von dort gut und billig. Mit dem Hackballen in der Hand ging es dann weiter durch die Stadt. Oft hätten wir beinahe vergessen, weshalb wir in der Stadt waren. Auf dem Rückweg sammelten wir im Frühling die Maikäfer von der Straße ein. Es gab zu der Zeit viele davon. Die Straße war von Kastanienbäumen gesäumt und ich glaube, Maikäfer lieben Kastanien. Leider sind die Bäume heute alle gefällt, sicher gibt es deshalb wohl auch keine Maikäfer mehr.

Oma war aber nicht gerade begeistert, wenn wir die Käfer in der Küche frei ließen, und sie schickte uns damit auf den Hof. Ehe wir uns dann versahen, pickten die Hühner sämtliche Käfer weg. So schnell konnten sich unsere armen Maikäfer gar nicht retten, denn sie waren noch etwas benommen von der Enge in der dunklen Kiste.

Bei Oma auf dem Hof gab es auch Enten. „Ja, stimmt ja", wirft Elke ein. „Das war ja auch immer toll. Opa und unser Vater gingen des Öfteren mit einem Kescher an den Nottekanal und fischten dort eine ganze Kiepe Muscheln für die Enten heraus. Diese fraßen anschließend so viel davon, bis ihr Bauch auf der Erde schliff. Das war doch beinahe unmöglich, aber wahr. Zuerst mussten wir die Muscheln öffnen, bevor die Vielfraße sie fressen konnten. Das Öffnen der Muscheln war gar nicht so einfach. Manchmal hatten wir sie gerade halb geöffnet … wutsch waren sie wieder zu. Man musste sogar aufpassen, dass kein Finger dazwischen war. Das konnte ganz schön weh tun".

„Da wir gerade bei den Enten sind, wir hatten doch einen kleinen Ententeich, worin sich die Enten auch tummeln konnten. Zu der Zeit lebten bei uns auch gerade kleine junge Kätzchen, die waren immer so neugierig und wollten unbedingt an das Wasser. Unsere Katze Mulle versuchte immer die jungen Kätzchen zurück zu holen, aber schnell waren sie wieder am Wasser. Plumps, war ein Kätzchen hineingefallen und einen Augenblick später auch noch das Zweite. Ich habe die Kleinen dann aus dem Wasser gerettet und trocken gerieben. Es müsste sogar noch ein Bild davon geben, ein Schwager hat mich dabei fotografiert", erzählte Elke, „ja ja, unsere Katzen waren sowieso ganz besondere Katzen. Könnt ihr euch noch daran erinnern, Opa hatte doch für die jungen Kaninchen oft einen Käfig auf den Hof gestellt, damit sich die kleinen Wollknäule richtig austoben konnten. Es hat dann nie lange gedauert, und mindestens eine der kleinen Katzen war auch im Käfig. Die Kaninchen und die Kätzchen spielten und sprangen zusammen im Käfig herum, als wenn sie zusammen gehörten. Die Kätzchen haben sogar die Kohlblätter mit geknabbert und die Kaninchen sind mit den Kätzchen zusammen am Drahtgitter hochgesprungen, das war immer ein Spaß. Ja, und könnt ihr euch noch erinnern, wie wir aus dem Nottekanal jede Menge Krebse herausgeholt haben? Das konnten wir schon bald ganz gut, musste aber auch erst gelernt werden. Zuerst schnitten wir einen langen Stock an der Spitze auf, und steckten ein weiteres Stöckchen dazwischen, um die Stockspitze zu spreizen. Dann konnte man mit viel Vorsicht und Gefühl einen Krebs aufgabeln. Das hatte uns unser Nachbar Hänschen beigebracht. Es dauerte nicht lange, und bald hatten wir einen Eimer Krebse zusammen. Oma schüttete sie zu Haus in eine Badewanne, und wir mussten sie schrubben. Danach kamen sie in den Kessel mit kochendem Wasser und im Nu wechselten sie ihre Farbe von Braun zu Rot. Deshalb der Name "krebsrot". Später saßen wir alle gemeinsam um den Küchentisch und pulten unsere Krebse. Die Krebsschwänze waren natürlich immer eine Delikatesse, aber wir pulten auch die Scheren aus, denn an denen war auch immer noch Einiges vorhanden. Es hat uns allen Spaß gemacht und schmeckte prima".

„Hat von euch eigentlich später noch mal jemand Krebse gegessen" fragte ich. „Also niemand, ich auch nicht. Ob es heute im Kanal wohl noch welche gibt?"
Nun hatten wir so lange geplaudert, und es war bald Mittagszeit. Gisela war der Meinung, dass es vielleicht besser sei, wir gingen heute erst einmal in den Ort. Den wollten wir uns nämlich auch noch ansehen und Erinnerungen auffrischen. „Hast Recht", stimmte Günter ihr zu, „dann können wir gleich weiter zum See laufen und dort zu Mittag essen". Wir waren alle einverstanden und der Vorschlag wurde angenommen.

„Ich werde lieber hier bleiben, falls doch noch jemand kommt, oder der Käufer sich noch einmal melden sollte", erklärte ich den anderen, und sie waren mit meinem Vorschlag einverstanden.

Nun waren alle aus dem Haus. Ich ging hinaus auf den Hof und setzte mich auf eine Bank in die Sonne, dort konnte ich wenigstens in aller Ruhe wieder meinen Träumen nachhängen. Sofort fiel mir auch schon wieder ein Wintertag ein, obwohl es hier auf der Bank in der Sonne so richtig wohlig warm war.

Wir befanden uns alle mit unserem Bobschlitten draußen auf der Straße. Hans kam noch zu uns, allerdings mit seinem Fahrrad. Er drehte auf der Straße seine gefährlichen Kurven, bis ihm einfiel, er könnte ja auch den Schlitten an das Rad hängen und unseren Jüngsten, er war damals vielleicht zwei Jahre alt, etwas umherfahren. Gedacht, getan. Hans knüpfte mit einem langen Seil den Schlitten an sein Rad und schon ging es mit Tempo los. Dem Kleinen hat es gefallen, doch plötzlich kippelte der Schlitten und unser Kleiner lag auf der Straße. Wir beobachteten das Malheur von weitem, doch unser Hans bekam von alldem nichts mit. Er fuhr in seinem Tempo weiter und kam auf einem anderen Weg wieder zurück. Plötzlich wunderte er sich, wo unser Bübchen geblieben war. Ich war schon unterwegs, um den Kleinen zu holen. Ein Glück nur, dass damals so wenig Autoverkehr auf der Straße war, das hätte ein böses Unglück geben können.

Im gleichen Winter kamen zwei Nachbarjungen zu uns, die bereits einige Jahre älter waren als wir. Sie brachten ein langes Gummiseil mit und banden es an unserem Schlitten fest. Zu weit oder zu dritt setzten wir uns dann auf unseren Schlitten, einer der großen Jungen hielt den Schlitten hinten fest und der andere lief voraus und zog das Seil lang, bis es viel Spannung hatte. Dann wurde der Schlitten losgelassen, und wir flogen mit einer Wahnsinnsgeschwindigkeit die Straße entlang. Im gleichen Winter bekam ich von unserem Papa meine Ski. So etwas gibt es heutzutage gar nicht mehr. Meine Ski hatten nur eine ganz einfache Bindung. Vorne nur einen verstellbaren Riemen und hinten eine Stahlfeder. Ich stellte mich mit meinen festen Stiefeln auf die Ski, schob die Stiefelspitze unter das Riemchen vorne und wurde dann von der Stahlfeder hinten am Absatz auf den Skiern gehalten. Ehe ich mit meinen Skiern in den Wald ging, wurden sie immer mit einer Kerze eingewachst. So bin ich dann manche Stunde im Winter mit einem Nachbarjungen durch die Wälder gewandert. In unserer Nähe gab es auch einen kleinen Hügel, den Eichelberg, ganz in der Nähe der Spukbrücke. Wenn dort nicht zu viele Kinder mit ihren Schlitten waren, sind wir mit unseren Skiern den Berg hinunter gefahren. Der Schnee lag damals oft bis weit in den Februar hinein. In einem Jahr türmte sich auf unserem Hof der Schnee mindestens

70 bis 80 cm. hoch. Zu den Toiletten und zum Holzschuppen wurde immer wieder der Schnee geräumt. Zu Omas Geburtstag, Ende Februar, mussten wir alle helfen den Schnee vom Hof zu bringen. Wir Kinder schippten den Schnee auf einen Handwagen und Papa und Opa brachten ihn dann auf die andere Straßenseite, dort war damals noch Brachland. Auf der Brache standen nur ein paar ganz vereinzelte Tannenbäumchen, und im Sommer viele Katzenpfötchen. Ansonsten war das ganze Landstück nur eine Zuckersandwüste, so richtig schön für uns Kinder zum Buddeln. Jeder von uns hatte da sicher schon ein Haus oder eine Burg gebaut, deshalb war die ganze Brache auch ein Stück Land voller Löcher und Kuten. Der Sand war im Sommer manchmal so heiß, dass wir nur hüpfend von einer Ecke in die andere gelangen konnten.

Viel anders hätte es im Garten bei Oma auch nicht ausgesehen, hätte Opa nicht jedes Jahr den Kuhmist untergebuddelt. Das konnte man aber nur sehen, weil während des Krieges ganz hinten im Garten ein Luftschutzbunker für uns gebaut wurde. Dort lag dann der gleiche Zuckersand wie auf der Brache. Der Bunker, das war ein mächtiges Ding. Alle Wände waren mit Eisenbahnbohlen abgestützt, und eine Stahltüre war davor als Splitterschutz. Der Bunker sah von oben wie eine Sandburg aus. Nur spielen durften wir leider nie darauf. Dafür mussten wir bei Fliegeralarm sofort in den Bunker hinein. In den letzten beiden Kriegsjahren waren die Wohnungen bei Oma wieder voll bewohnt. Die Väter waren alle im Krieg, und so fühlten wir uns bei Opa und Oma doch besser aufgehoben, und durch die kleine Landwirtschaft gab es auch für alle genug zu essen. In unserem kleinen Ort sind wir auch zur Schule gegangen, doch während der Kriegszeit fand durch den vielen Fliegeralarm kaum noch Unterricht statt.

Gleich nach Kriegsende hatten wir statt Schulunterricht Tee sammeln. Da mussten die vielen Katzenpfötchen auf unserer Brache dran glauben.
Eines Tages bekamen wir auf unserem Hof Zuwachs. Es wurden Schafe und Ziegen an unserm Haus auf der Straße vorüber getrieben. Wir Kinder schauten zu. So viele hatten wir noch nie auf einmal gesehen. Ein Mann, der bei der Herde war, hatte ein ganz junges Lämmchen auf dem Arm. Das konnte noch nicht richtig alleine laufen und aus diesem Grund schenkte er es uns. Wir haben es gefüttert und mit der Flasche versorgt. Es war so klein und so lieb, und es wollte nie alleine bleiben. Wenn niemand von uns anwesend war, fing es an zu schreien. Es lief sogar mit uns auf die Toilette. Zum Glück kümmerte sich bald unser schwarzes Kätzchen um das Zicklein, ansonsten hätten wir das Lämmchen auch noch mit ins Bett nehmen müssen. Unser kleiner Bruder hätte das schon gern so

gewollt. Es sah hübsch aus, wenn die schwarze Katze mit dem kleinen weißen Lämmchen zusammen kuschelte. Ich sehe es noch genau vor mir.

Ich schrecke zusammen, es klopfte wieder jemand am Tor. Wer hatte mich denn nun so grausam aus meinen Träumen geholt? Ich kam gar nicht richtig zu mir, stand auf und wollte zum Tor laufen, als mir aber schon jemand entgegen kam. Er begrüßte mich mit „Hallo", und ich erkannte sofort meinen Vetter Wolfgang. „Man Wolfgang, das ist aber eine Überraschung. Du kommst auch noch, das freut mich aber ganz besonders", entfuhr es mir freudestrahlend. „Ja, aber klar doch, ich wäre gern schon gestern gekommen, war aber verhindert. Die Arbeit, du weißt ja", entgegnete mir Wolfgang. „Na fein, ich weiß zwar nicht, aber nun bist du ja da", entgegnete ich. „Sag mal bist du allein?" fragt er, „ist denn niemand gekommen oder wo haben sich meine lieben Verwandten versteckt?" „Doch, doch, es sind einige gekommen, du bist der siebte. Ingrid ist allerdings nur für zehn Minuten hier gewesen. Sie dachte, sie könnte ihr Erbe sofort mitnehmen. So hat sie aber nur ihre Kontonummer hier gelassen und ist wieder gefahren", erklärte ich Wolfgang. „Na, das sieht ihr ähnlich, sagte Wolfgang, „sie ist jetzt etwas Besseres und hat zu uns und zu dem Haus keinerlei Beziehung mehr. Aber nun sag schon, wo sind die Anderen?" „Sie sind alle in den Ort gegangen, möchten sich alles nochmals ansehen, und anschließend wollten sie noch Essen gehen", sagte ich. Wolfgang lächelte und antwortet: „Na, dann sind wir also hier allein auf dem Hof. Früher habe ich mir das ja oftmals gewünscht, aber du wolltest immer viel lieber mit Günter tanzen lernen". „Das weißt du noch?" entfuhr es mir, natürlich war mir Günter damals lieber, schließlich war er ja auch schon zwei Jahre älter als du, und die Tatsache war mir schon sehr angenehm, dass er sich gerade für mich interessierte".

„Ja, so ändern sich halt die Zeiten", entgegnete mir Wolfgang, „ich habe gehört, heute suchen sich die Frauen viel lieber jüngere Männer". „Natürlich, das mag schon sein, aber da reicht ein Jahr wie bei dir nicht aus, dann müssten es schon mindestens fünf oder sechs Jahre sein", gab ich Wolfgang zur Antwort. „Ist schon gut, du willst mich also auch heute immer noch nicht, dann muss ich eben bei meiner lieben Frau bleiben. Was macht eigentlich dein Mann? Kann ich mir aber sicher gleich selbst beantworten. Er kann seine Praxis nicht allein lassen stimmt es?" fragte Wolfgang neugierig. „Ja, du hast Recht. Aber ich finde die Angeheirateten gehören ja auch nicht richtig dazu. Stimmt doch oder? Zum Abschied nehmen sind wir lieber unter uns", stellte ich fest.

Ich frage Wolfgang, ob er etwas zu Essen wollte, ich hatte inzwischen auch schon Hunger bekommen. Ja, er wollte auch gerne eine Kleinigkeit essen, und so gingen wir gemeinsam in die Küche, und ich schlug für uns ein paar Eier in die Pfanne. Etwas Wein war noch vom Vorabend vorhanden. Kurze Zeit darauf saßen wir wie früher so oft am Küchentisch und plauderten über alte Zeiten. In der Zwischenzeit kamen auch die Anderen aus dem Ort zurück. Wie immer gab es zur Begrüßung ein Hallo und ein wie geht's und so weiter. Jeder hatte etwas zu erzählen und immer wieder hieß es, weißt du noch, oder wisst ihr noch?

Plötzlich drehte sich unser Gespräch um den Wein, der zur Neige ging. Bei Oma wurde jedes Jahr so viel Wein selbst hergestellt, und er schmeckte auch ziemlich gut. Die Weinherstellung machte aber auch immer eine Menge Arbeit und wir mussten oft dabei helfen. Eigentlich gab es nichts, woraus damals kein Wein hergestellt wurde. Der Wein von den Trauben sowieso, aber es wurde auch aus Pflaumen Wein hergestellt. Diese mussten durch einen Fleischwolf gedreht werden und wurden anschließend zu einer Maische angesetzt. Bei der Meische handelt es sich um einen Brei, der zuerst gären muss, ehe er in die Weinkruken gelangt. Ich kann mich noch genau daran erinnern, dass der Wein davon überhaupt nicht schmecken wollte, und aus diesem Grund blieb er einfach in der Kruke im Keller stehen. Er gärte danach zum zweiten Mal, und ich kostete ihn damals heimlich ... oh, war das ein Genuss, er war richtig dickflüssig und schmeckte wie ein Likör. „Erinnert ihr euch noch daran, wie der Wein mit Reiskörnern und Rosinen angesetzt wurde?" fragte ich. Es gab auch noch Apfelwein, dieser war natürlich auch sehr gut und ich fragte mich, ob wir davon vielleicht noch eine Flasche Wein in einem Kellerversteck finden würden. Kurze Zeit später gingen wir gemeinsam in den Keller, mal schauen, was es dort noch so alles gab.

Im ersten Kellerraum stand die Zentrifuge, damit wurde die Sahne von der Milch getrennt. Dahinter befand sich der große Kessel, in dem wir den Zuckerrübensaft rühren mussten. Im zweiten Keller hatte Vater die großen tiefen Stahlschränke in die Wände eingelassen und darin blieb auch im wärmsten Sommer alles kühl. Oma besaß noch keinen Kühlschrank, aber das war auch nicht nötig.

„Mal schauen, ob hinten in der Ecke in der eingelassenen Wand noch etwas Besonderes steht. Das war doch die Ecke, die Oma immer für sich reserviert hatte. Dort durften wir doch nichts abstellen", entfuhr es mir, „dort steht ja noch das eingebaute Regal mit einer Tür davor. Na, mal sehen, was darin noch für ein Schatz verborgen ist. Nein, kommt doch einmal her, ihr werdet es nicht glauben. Hier stehen doch noch mindestens zehn Flaschen von dem selbstgemachten Wein. Schade, Hollersekt gibt es keinen mehr", stellte ich enttäuscht fest. Elke sagte: „Na kein Wunder, davon ist ja auch eine Flasche nach der anderen in die Luft geflogen, da Oma dafür keine richtigen Sektflaschen hatte und nur Flaschen nahm, in denen zuvor Kornschnaps war. Diese Flaschen waren natürlich viel zu dünn dafür. Na Kinder, ist ja auch egal, jetzt schauen wir uns erst einmal diese Schätze hier an.

„Also hier haben wir einige schöne Flaschen Apfelwein. Man, schaut euch doch nur mal die Farbe an, der ist sicher jetzt richtig zum Probieren. Wie alt mag denn der jetzt schon sein? Na, Oma ist nun schon einiges über zehn Jahre tot, und in den letzten Jahren hat sie sicher keinen Wein angesetzt und Opa erst recht nicht", philosophierte ich. Gisela sagte: „Also dann ungenießbar unser Fund", woraufhin Günter fest stellte: „Ohne zu kosten kann man überhaupt nichts sagen". Er hatte recht. „So, das hier ist Wein aus richtigen Trauben, und hier haben wir Pflaumenwein, der müsste ja nun nach den Jahren nach meiner Berechnung das Beste sein, was es hier im Regal noch gibt. Ach schaut mal, was hier noch steht. Meine Güte, die Oma hat auch Liköre angesetzt. Hier ein Wallnusslikör, dann noch Johannisbeerlikör und hier noch den Schlehenlikör. Meine Güte, da haben wir aber was zum Probieren. Da wissen wir ja, was wir heute Abend vorhaben, sprach ich fröhlich.

Wolfgang war der Meinung, wir sollten uns nicht zu früh freuen, erst einmal eine Flasche öffnen und probieren ob davon nun wirklich noch was genießbar war. „Na gut, wer von euch Männern hat ein Taschenmesser mit Korkenzieher bei?" fragte ich in die Runde. Günter besaß ein Taschenmesser und ich reichte ihm eine Flasche von dem Pflaumenwein. Er öffnete sie, roch am Korken, sagte aber nichts. Ich nahm ihm die Flasche ab und zog den Duft des Inhalts ein. „Oh, oh, das ist aber etwas Feines, viel zu schade, es aus der Flasche zu kosten", entfuhr es mir. Ich drücke Günter blitzschnell die Flasche zurück in die Hand und flitzte hoch ins Haus, um Probiergläser zu holen. Im Nu war ich zurück im Keller, und nun kosteten wir mit Genuss Omas alten Wein. Wer hätte gedacht, dass es so etwas überhaupt noch gab, dass sich der selbst hergestellte Wein ohne große Kenntnisse von Seiten unserer Oma so lange halten würde. „Liebe Oma, da hast du uns aber etwas Gutes hinterlassen", sagte ich und alle stimmten „ein Prosit auf Oma" hinzu. Wolfgang fachsimpelt, dass es sich hierbei nur um die gleichbleibende Temperatur im Keller handeln könnte. Zu schade, dass wir all das nicht selber nutzen konnten.

Wir gingen langsam weiter in den nächsten Keller. Hier hatte sich Opa eine schöne Werkbank aufgebaut, eine lange Hobelbank und andere Sachen. Es war ein Kellerraum mit Fenster. Daneben war ein Raum, dessen Boden ein reiner Sandboden war. Darin lagerten die Kartoffeln und das Gemüse für den Winter, und die abgeteilte Ecke mit der kleinen Luke nach draußen, dort hatte Opa immer den Speck und die Würste nach dem Schlachten hängen. Es roch hier immer so gut nach Geräuchertem. Ja, das war schon praktisch und alles gut durchdacht. Ab ging es in den nächsten Kellerraum, ich kann mich absolut nicht daran erinnern, was jemals in diesem Raum lagerte. Günter wusste es auch nicht, aber hinter dem Raum führte eine Treppe hoch zum Hausflur. Wir gingen damals nie vom Hausflur in den Keller, nur immer vom Hof aus. Elke sagte: „Ich weiß es. Meine Mutter hat es mir einmal erzählt. Wenn im Sommer nachts ganz schlimmes Gewitter war, haben alle, die hier im Haus waren, also Oma, Opa all ihre Kinder und noch eine Familie, die mit im Haus wohnte, immer hier unten gesessen, bis das Gewitter vorüber war. Dann wurde auch oft dabei gebetet, dass ihr Haus vom Blitzschlag und Unwetter verschont bliebe. Die Oma war schon eine fromme Frau, und das Haus wurde ja auch immer vom Blitzschlag verschont, dafür sind die Blitze oft genug in den großen Ahornbaum vor dem Haus eingeschlagen". „Oh ja, der Ahorn war immer ein guter Blitzableiter", sprach ich, „daran kann sogar ich mich erinnern, sicher war doch von euch auch jemand dabei, als eines Tages durch das geschlossene Wohnzimmerfenster ein Blitz angeschossen kam. Er flitzte durch das Zimmer, im Zickzack an alle Lichtschalter und vorbei. Die Lichtschalter flogen in kleinen Stücken auseinander. Der Blitz sauste weiter durch das andere große Zimmer, auch durch alle Lichtschalter und wieder zum Fenster hinaus in den Ahornbaum. Wir bekamen einen Schreck – ich kann euch sagen, das war ein Schauspiel. Oder als einmal ein Blitz hinten zur Hoftür hinein sauste, flog durch den langen Flur, ging zur Vordertür wieder hinaus und in den Baum. Die Gemeinde wollte den Baum oft genug fällen lassen, weil angeblich der Ahorn die Straße beschädigen würde, doch in all den vielen Jahren hat sich die Straße kein einziges Stück gehoben oder verformt. Eigentlich auch sonderbar, oder was meint ihr? ergänzte ich. „Jedenfalls legten Opa und Oma immer ihr Veto ein. Sie wussten warum. Nun steht der Baum heute noch und sieht so schön aus. Er ist ein riesiger Baum und dazu auch gesund. So alte gesunde Bäume sieht man doch kaum noch. Er spendet jetzt im Sommer sogar dem Haus schönen Schatten. In dem Ahorn lebte auch immer so allerlei Getier. Abgesehen von den vielen Vögeln, die sich darin immer aufhielten, gab es darin auch jede Menge verschiedene Käfer. Ich kann mich noch an eine Begebenheit erinnern, wir standen abends unter dem Baum und unterhielten uns mit den Jungen aus der Nachbarschaft. Ich hatte Holzpantoffeln an, stellte einen Fuß aus dem Schuh, nach einer Weile schlüpfte ich wieder hinein. Huch, habe ich einen Schreck bekommen. Hatte sich doch in der Zwischenzeit ein richtig großer Hirschkäfer in meinem Holzpantoffel breit gemacht. Meine Güte, ließ ich einen Schrei los. Alle waren mit erschrocken. Habe dann den Pantoffel ausgeschüttelt, und alle staunten über so ein Exemplar von Käfer. Wenn ich mich nicht zu sehr täusche, wollte einer unserer Cousinen oder Schwestern diesen Käfer sogar mit zur Schule in den Heimatunterricht nehmen. Ich glaube, Hirschkäfer stehen unter Naturschutz und sind in Deutschland so gut wie ausgestorben. Unsere Mutti hatte sich unter dem Baum auch mal einen riesigen Käfer in ihren Haaren eingefangen. Was das damals für einer war, kann ich aber nicht mehr sagen, ich erinnere mich nur noch, auch er war riesengroß und schwarz. Mutti hatte vor Schreck beinahe einen Herzschlag bekommen", führte ich weiter aus.

Bei unseren Erzählungen und Erinnerungen gelangten wir wieder bis in die Küche. Günter hatte einige Flaschen Wein aus dem Keller mitgenommen, den wir nun zum Abendessen probieren wollten. Heute gab es nur Brot und Aufschnitt. Ich schlug vor, uns einzubilden, wir würden das selbst gebackene Brot von der Oma essen. Nach ein Paar Gläsern Wein, der tatsächlich noch gut schmeckte, glaubten wir es sogar. Wir alle fühlten uns nun wieder wie eine Familie und jeder war der Meinung, es sei ein wirklich schöner Abend. „Die Abende waren eigentlich immer schön hier, ganz egal, ob draußen oder herin", sage ich. Unsere Familie hatte ja immer oben unter dem Dach die kleine Wohnung. In dem kleinen Zimmer über der Garage schliefen meine Schwester Regina und ich. Wir hatten einen so schönen Ausblick und hätten zu jeder Zeit aus dem Fenster auf das Garagendach klettern können. Das trauten wir uns natürlich nicht, man hätte darauf einbrechen können. Aber oft schauten wir abends vor dem Schlafen zusammen aus dem Fenster. Gegenüber wohnte zur Sommerzeit ein etwa gleichaltriger Junge. Vom Fenster aus unterhielten wir uns manchen Abend mit dem Jungen. Sein Platz war auf einem Zaunpfahl. Meine Schwester bat ihn einmal, er sollte uns doch den Theodor vom Fußballtor singen, und er tat es. Ach, war das damals schön, noch so jung zu sein. So plauderten wir angeregt weiter, bis die Weinflaschen leer waren, und der Zeiger der Uhr auf die Zwölf zu ging. „So", begann ich, „für heute reicht es mir. Ich bin total müde und beschwipst, ich gehe schlafen". Alle merkten plötzlich, wie müde sie waren und so verschwand einer nach dem anderen.

Ein neuer Tag begann und Günter war wieder der Erste an der Pumpe. Anschließend kam er zu mir in die Küche, in der ich schon für alle den Kaffee zubereitet hatte. „Und was steht für heute auf dem Trapez?" war seine erste Frage. „Na, ich habe keine Ahnung, warten wir mal ab was die Anderen vorschlagen", gab ich zur Antwort, „einer muss ja sowieso im Haus bleiben". „Eigentlich nicht", gab Günter zurück, „jeder von uns hat schließlich immer noch einen Schlüssel". „Das schon, aber schöner ist es doch wenn schon einer im Haus ist, ansonsten kommt sich ein Neuankömmling ja ganz verlassen vor. War für dich doch sicher auch schön, dass ich schon hier war oder?" fragte ich ihn. Günter musste mir zustimmen.

„Sag mal Günter, kannst du dich noch daran erinnern, Oma hatte doch zwei wunderschöne Porzellanfiguren. Eine war eine Schäferin und die andere eine Tänzerin. Beide waren ganz leicht rosa und gold bemalt. Ich fand sie immer wunderschön. Wo mögen die Figuren nur geblieben sein? Wer mag die wohl mal mitgenommen haben? Hoffentlich wurden sie nicht verschrottet, das wäre ein Jammer. Oma hatte auch in ihrer Glasvitrine sehr schöne Mokkatassen, davon hab ich auch nichts mehr gesehen, ist wohl auch alles weg. Ob das Porzellan von ihrer Mutter war? Darüber hat Oma nie gesprochen, und wir haben auch nicht danach gefragt. Nun ist es zu spät. Schade, heute würde mich das alles sehr interessieren. Selten hatte Oma von ihren Eltern gesprochen, dabei wohnten sie doch hier im Ort. Unsere Urgroßmutter habe ich ja noch kennen gelernt. Sie wohnte in dem großen roten Backsteinhaus, das hatte unser Urgroßvater noch bauen lassen. Den Urgroßvater habe ich nicht mehr kennen gelernt. Hast du ihn mal gesehen?" fragte ich. Günter schüttelte seinen Kopf. „Also, du auch nicht. Omas Schwester wohnte im gleichen Haus, und hatte die Mutter bis zu ihrem Tod dort gepflegt und dafür das große Haus geerbt. Na, Omas Schwester kannten wir ja noch und unsere Großcousine und ihren Mann ebenfalls. Unser Urgroßvater soll ja ein ziemlich reicher und angesehener Mann im Ort gewesen sein. Er war Schneidermeister und hatte einige Gesellen. Die Urgroßmutter war eine feine elegante Frau. Sie trug schon damals immer Lederstiefelchen und einen Samtumhang. Oma sagte immer eine Samtmantille, ich nehme jedenfalls an, es war ein Umhang. Sie war wohl eine Müllertochter. In alten Unterlagen von Oma hatte ich mal was von einer Müllertochter gelesen" wusste ich weiter zu berichten. „Der Urgroßvater war ein sehr strenger Mann. Seine Kinder mussten die Eltern mit Sie anreden, also Herr Vater und Frau Mutter. Das alles so um 1880. Ein Glück, dass wir erst später geboren wurden. Der Urgroßvater hatte auch Fischereirechte am See, aber was das zu bedeuten hatte … habe keine Ahnung. Womöglich konnte er auf dem See fischen, wann und wo er wollte. Schade, die Rechte hätten ja auch auf uns übergehen können. Oma war die Älteste der Kinder, und obwohl der Herr Vater nun so reich war, musste unsere Oma schon mit 14 Jahren aus dem Haus und in Stellung gehen. Sie ging hier gleich in die nächste Kleinstadt in einen großen Geschäftshaushalt. Dort musste sie ziemlich schwere Arbeit leisten. Zum Beispiel die Wäsche für die ganze Familie am Kanal waschen, auch im Winter und dann die nasse Wäsche in einer Kiepe auf dem Rücken wieder zurück zum Haus tragen. Oft hatte sie am Rücken dann lauter lange Eiszapfen hängen. Jeden Sonntagvormittag verlangte der Herr Vater von ihr, dass sie die fünf Kilometer zu Fuß nach Hause kommt, um ihm aus der Bibel vorzulesen. Im Sommer barfuß und im Winter in Holzpantinen. Ihre Lederstiefelchen durfte sie nur an Sonn- und Feiertagen in der Stadt tragen. Eigentlich kein Wunder, dass Oma nie gerne darüber sprach. Aber eins weiß ich doch noch von der Oma. Sie hatte nie gerne Kohlsuppe oder Kohleintopf gegessen. Wenn sie ihren Teller nicht leer aß, kam er in die Ofenröhre. Der Arbeitstisch vom Schneidermeister mit seinen Gesellen stand genau vor dem Ofen und somit konnte in der ganzen Zeit, bis wieder gegessen wurde niemand an die Röhre. Zur Essenszeit nahm der Urgroßvater den Teller wieder aus dem Ofen, und die Oma bekam ihn erneut auf ihren Platz gestellt. Das ging so lange, bis der Teller leer war. Erst dann durfte die Oma wieder essen wie die Anderen. Oh, das waren raue Sitten. Auch Opa hatte keine besonders schöne Jugend.

Seine Mutter starb im Kindbett, er hatte alsbald eine Stiefmutter, bei der es ihm auch nicht besonders gut ging. Trotzdem ist er Tischler geworden und ging gleich auf die Wanderschaft bis er dann bei Oma hier hängen geblieben ist. Sicher wäre Omas Erbe auch üppiger ausgefallen, aber plötzlich war ein Kind unterwegs und so bekam die Tochter von dem strengen Vater nur ihren Pflichtteil. Ja, so spielt das Leben. Oder wie man so sagt 'expect a miracle' 'erwarte ein Wunder'. Sicherlich waren Oma und Opa auch so glücklich geworden, und wir hatten es auch immer schön, also was soll's", wusste ich noch zu berichten. Nach unserem Gespräch ging Günter aus der Küche, um zu schauen, wo die Anderen sich aufhielten.

Wolfgang betrat die Küche und erzählte: „Komme gerade aus der Scheune und was sehe ich da? Kinder, es stehen immer noch unsere alten Fahrräder von früher dort … vier Stück. Ich hab sie mal näher betrachtet. Wenn überall neue Ventile eingesetzt werden, könnten wir damit sogar noch fahren. So wie sie aussehen, wurden sie auch immer wieder mal benutzt". „Was meinst du wohl", fragte er mich, „ob jemand daran interessiert ist, eine Radtour zu machen, oder sogar alle gemeinsam?" Ich fand seine Idee richtig gut, nur fehlten uns noch zwei Räder. „Die könnten wir uns doch auch von unseren früheren Nachbarn borgen", fiel mir ein, „sie sagen sicherlich nicht Nein. Bei denen sollten wir uns übrigens auch mal melden, oder sie zu uns einladen, sie würden bestimmt gerne zu uns kommen. Womöglich haben sie sich schon gewundert, noch nichts von uns gehört zu haben. Schließlich waren wir früher sehr oft zusammen". „Ja, da hast du recht", antwortete Wolfgang, „aber bis jetzt waren wir immer so mit uns selbst beschäftigt. Nun sind wir ja auch gerade mal erst den zweiten Tag hier bzw. du schon drei Tage, man kann sich schließlich nicht zerteilen". „Nee, kann man nicht", gab ich ihm Recht, „weißt du, wenn ich hier allein sitze, fange ich jedes Mal an zu träumen. Das ist mir zu Hause nie passiert, hier fallen mir die dollsten Dinge wieder ein". „Kann ich gut verstehen", sagte Wolfgang, „ich konnte gestern Abend überhaupt nicht einschlafen, obwohl ich hundemüde war. Mir ist so viel von Früher eingefallen und durch den Kopf gegangen".

Endlich trudelten alle zum Kaffee bzw. zum Frühstück ein. „Na, das wurde aber auch Zeit", sagte ich, „der Kaffee ist schon beinahe kalt geworden. Was habt ihr denn am frühen Morgen schon vorgehabt?" „Na, Entschuldigung", verteidigte sich Elke, „wir wollten vor dem Frühstück noch etwas für unsere Figur tun und sind alle zusammen zehn Mal um die Brache gerannt. Du hast es doch früher auch oft genug gemacht, hättest ja mitkommen können". „Na pass bloß auf ... du, lässt mich hier in der Küche stehen, stiftest die Anderen zum Frühsport an und meinst noch, ich tue nichts für meine Figur. Dir werde ich es zeigen, du wirst mir dann beim Abwasch helfen, und danach machen wir eine Radtour, dann werden wir sehen, wer fitter ist" alberte ich zurück. „Au ja eine Radtour, aber wohin denn? Haben wir denn auch für alle ein Fahrrad?" erkundigte sich Günter. „Ja, vier stehen in der Scheune", erklärte ihm Wolfgang, „und drei werden wir uns drüben von Milzens borgen, das machen sie bestimmt. Vorausgesetzt wir wollen alle fahren". Natürlich wollten alle an der Radtour teilnehmen. „So, dann gehen jetzt mal mindestens drei von euch hinüber, um euch dort zu melden und unsere Nachbarn für den Samstagabend oder übermorgen hier her einzuladen und gleichzeitig die Fahrräder auszuborgen ... einverstanden?" schlug ich vor, „aber Elke, du bleibst hier. Wir waschen erst einmal das Geschirr, und dann packen wir Proviant und etwas zu Trinken ein, und wenn wir die Fahrräder bekommen, wird beratschlagt wohin es gehen soll. Ach Günter, lade sie doch lieber erst zu Samstagabend ein, dann können wir noch einiges herrichten, und wir wissen ja noch nicht einmal, wann wir heute Abend wieder zu Hause sind.

Zu Viert gingen sie hinüber zu unseren Nachbarn. Elke, Gisela und ich brachten in der Zeit schnell die Küche in Ordnung, und dann kümmerten wir uns um etwas Essbares für unterwegs. Viel brauchten wir nicht, wir wollten unterwegs in einem Gasthof einkehren und zu Mittag essen. Aber auf jeden Fall musste etwas zum Trinken mit. Anschließend schauten wir uns die Fahrräder in der Scheune an. Das war doch nicht möglich, dort stand sogar noch mein grünes Fahrrad. Wir probierten, Luft in die Reifen zu bekommen, und bei meinem funktionierte es. Bei zwei Fahrrädern gab es Probleme. In der Satteltasche meines Fahrrades fand ich sogar noch zwei neue Ventile. Nachdem diese in die beiden defekten Reifen eingebaut waren, hielt auch darin die Luft. Was wollten wir mehr? Wir hatten schon immer gute Sachen, und das zahlte sich nun noch nach Jahren aus. In der Zwischenzeit waren die Anderen auch wieder zurück und hatten drei Fahrräder mitgebracht. Nun konnte es losgehen.

Schnell flitzten wir nochmals ins Haus, um uns eventuell etwas anderes anzuziehen oder für alle Fälle eine Jacke, Ausweispapiere und Geld zu holen. Ein paar Minuten später waren wir alle parat zur Abfahrt. Wir verschlossen das Haus und ab ging's. Aber wohin? Es wurde nur ganz kurz beratschlagt und Günter unterbreitete uns seinen Vorschlag … Spreewald. Oh je, das waren 75 km eine Tour, ob das von uns zu schaffen war? Man sollte auch nicht übertreiben, doch jeder meinte, es sei kein Problem, schließlich würde zu Hause auch Fahrrad gefahren. „Na gut, außerdem könnten wir schließlich auch dort übernachten, erwartet uns ja niemand", meinte Wolfgang. „Au ja, Kinder wir sind frei, frei, frei. Wann waren wir das zum letzten Mal? Zurück in unserer wirklichen Heimat und frank und frei, man ist das schön", freute ich mich. „Das nun alles sicherlich zum allerletzten Mal in unserem Leben. Leute, das muss gefeiert werden. Jünger werden wir nicht mehr, also dann los".

Es war wunderschönes Herbstwetter – nicht zu warm und nicht zu kühl. Gerade ein richtiges Wetter für unseren Ausflug. Sogar der Wind hatte für uns Fahrradfahrer ein Einsehen. Die ersten 20 km brachten wir schnell hinter uns, und waren somit auch schon in dem schönen Städtchen Jüterbog. Günter sagte: „Hier in Jüterbog sind bei den Mädchen die Höschen länger als der Rock". Gisela: „Na dann zeige mir einmal solch Mädchen, ich sehe keines". Daraufhin Wolfgang: „Leg doch nicht immer alles auf die Goldwaage, schau lieber mal dort drüben, da ist eine Bäckerei mit Café. Vielleicht sollten wir uns dort etwas stärken für die weiteren 50 km". „Ja, hast recht", stimmten wir ihm zu, „und mir kommt der frische Brotduft schon in die Nase. Dann mal nichts wie hinein ins Kaffee", ergänzte ich. Tatsächlich wurden frisches Bauernbrot und Butter angeboten. Man, dass durfte doch nicht wahr sein, so etwas hatte ich ja noch nie erlebt und nun wollte ich anstatt eines richtigen Kaffees gerne einen wirklichen Malzkaffee.

Oh Wunder auch den gab es hier. Ich war total überwältigt, es war wie damals bei Oma und Opa. Gisela und Elke schlossen sich meiner Bestellung an, und auch bei ihnen stieg die alte Erinnerung hoch. Es schmeckte uns allen vorzüglich und es war eine Entdeckung, die niemand von uns zu wünschen gewagt hätte. Mir schwirrten immer wieder die Worte *zu Hause, zu Hause* im Kopf herum. Plötzlich befiel mich eine Traurigkeit. Alles zum letzten Mal dachte ich … nie wieder … das darf doch nicht sein. Es musste doch noch ein Wunder geschehen.

Wir bezahlten unsere Rechnung, und ich kam wieder zu mir, das war auch gut so. Die frische Luft draußen brachte mich wieder in die Wirklichkeit zurück. Ich war der Meinung, Elke und Gisela ging es ähnlich wie mir, denn auch sie wurden ziemlich still.

Wir besteigen erneut unsere Fahrräder, und die Fahrt geht weiter. Ein jeder von uns war der Meinung, die Luft hier sei anders als in unserer jetzigen Heimat. Feststellen konnte man so etwas erst, wenn man eine Weile nicht mehr hier war. „Stimmt, das kann keine Einbildung sein", sagte Günter, „der Kopf ist freier und man hat viel mehr Elan". „Na, dann werden wir sicher alle unsere Tour auch ohne schlapp zu machen bewältigen", warf ich darauf ein. „Klar, was denn sonst, wir sind doch alle Kinder von Oma und Opas Erbenhof", scherzte Wolfgang.

Mein Handy klingelte. „Man, wer will denn nun noch etwas von uns oder von mir", fragte ich beinahe ärgerlich. Eine Weile hörte ich stumm zu, was die Stimme am anderen Ende mir zu sagen hatte. Mir wurde fast schwindelig vor Freude oder vor Vorahnung. War das nun ein gutes oder schlechtes Zeichen. Alle starrten mich an, wollten wissen, was los war. „Nun sag schon", riefen sie. „Nö, geschehen ist eigentlich nichts, nur der Käufer kann diese Woche nicht mehr kommen, wir müssen alles auf die nächste Woche verschieben", antwortete ich. Pause … alle schwiegen. Günter kam als erster zu sich und fragte: „Wer kann es denn von euch so einrichten und noch bis Mitte nächster Woche bleiben?" Alle dachten nach, jeder hatte Urlaub genommen, natürlich nicht für unbestimmte Zeit, aber es musste gehen. Nach einer Weile kamen wir gemeinsam zu dem Entschluss, bis Mitte oder Ende nächster Woche zu bleiben. Gisela war die erste, die sich wieder gefasst hatte und schrie: „Halihalo, wisst ihr was das nun für uns bedeutet?" Wir freuten uns alle sehr. „Man, Kinder, uns ist es vergönnt, noch mindestens eine ganze Woche auf unserem geliebten Hof miteinander zu verbringen. Ach ist das eine gute Nachricht. Mit unseren Familien werden wir schon alle klar kommen", sprudelte es nur so aus ihr heraus. „Oh ja, und das müssen wir auch ordentlich feiern, so jung kommen wir nie wieder zusammen", fügte Wolfgang fröhlich an. „Na, da sind wir ja nun schon dabei und nun mal weiter ihr Lieben", lautete meine Antwort.

Alle saßen wieder auf ihren Fahrrädern, und die Fahrt ging fröhlich weiter. Nach einer guten halben Stunde zeigte Elke in den Himmel, „schaut mal, da kommt doch was auf uns zu oder was meint ihr?" „Ach du liebe Güte, das sieht aber richtig gefährlich aus und kein Unterschlupf weit und breit in der Nähe zu sehen … nicht mal ein Baum", stellte ich fest. Schnell wie der Wind traten wir in die Pedalen so gut wir konnten, die dunkle Regenwolke immer hinter uns her. Wir hatten uns nicht einmal eine Regenjacke mitgenommen, an einen Regenumhang erst gar nicht zu denken. Es wurde von Sekunde zu Sekunde dunkler und in den nächsten Minuten sollte sicher ein Wolkenbruch über uns einbrechen. Es stürmte plötzlich wie verrückt, es donnerte, und ein Blitz schlug auch gleich darauf ganz in der Nähe ein. Oh je, was nun? Doch dann, genau mitten am Weg stand ein Bauwagen von irgendwelchen Straßenarbeitern, dessen Tür nicht verschlossen war. Schnell sprangen alle von ihren Fahrrädern, ließen sie einfach liegen und gelangten in letzter Sekunde in den schützenden Bauwagen. Es war wie ein Wunder, und draußen ein Unwetter, wie man es nur selten hat. Es goss in Strömen und ein Donner und Blitz folgte dem anderen. In 15

Minuten war alles wieder vorüber. Die Straße dampfte ordentlich, und die Sonne kam gleich wieder zum Vorschein. Wir verließen den Bauwagen, der in letzter Sekunde unsere Rettung war. „Da hat es aber einer mit uns gut gemeint", sagte Günter. Dem konnten wir alle nur zustimmen. „So etwas kann einem auch nur im Spreewald passieren", lachte ich. „Na, bis jetzt sind wir noch längst nicht da, wir haben sicher noch eine gute Stunde zu fahren … wenn das mal reicht", erklärte Wolfgang. „Na, ist ja schließlich auch egal, wir werden schon noch an unser Ziel kommen. Jedenfalls hatten wir ein ungeheures Glück mit dem Bauwagen. Das war wirklich ein Wunder. stellte ich abschließend fest, „also, dann mal alle wieder rauf auf die nassen Fahrradsattel und holt euch einen nassen Po. Weiter müssen wir nun auf jeden Fall". Ha ha denkste, unsere Räder hatten einen Kunststoffsattel und den konnte man schließlich trocken reiben. Nichts mit nassem Po.

Nun ging unsere Fahrt endlich in hellem Sonnenschein fröhlich weiter. Elke stimmte ein Lied an, und wir sangen alle kräftig mit. Eine gute Stunde waren wir nun wieder unterwegs und sahen schon von weitem unser Ziel. Plötzlich machte es 'PENG' und Giselas Fahrradschlauch am Hinterrad war geplatzt … einfach so. Nun gab es wieder einen Halt für uns. In Norberts Satteltasche befand sich Flickzeug, und die Männer mussten erst mal heran ans Werk und zeigen, was sie noch konnten. Es lief alles wie am Schnürchen, und 20 Minuten später nahmen wir unsere Fahrt schon wieder auf. Jetzt sollte es aber wirklich nicht mehr viel Zeit in Anspruch nehmen, und bald sollten wir unser Ziel erreichen.

Wir waren in Lübbenau, ein wirklich hübsches Städtchen. Norbert schlug vor: Wenn wir wirklich heute hier übernachten wollen, sollten wir uns nun erst einmal nach Zimmern für uns umschauen". „Ja das stimmt", pflichtete ich ihm bei. Wir suchten uns eine kleine Pension aus und fragten nach. Wir konnten drei Zimmer bekommen, es sei ja keine Urlaubszeit, ansonsten wäre alles ausgebucht, erklärte uns die Wirtin. Der Preis war auch akzeptabel, und wir mussten uns nur noch einigen, wer mit wem ein Zimmer teilte. Günter forderte ein Zimmer mit mir. „Ich glaube du spinnst", antwortete ich, „Gisela, Elke und ich, wir werden zusammen ein Zimmer nehmen, also das Große mit den drei Betten, und ihr könnt die beiden Doppelzimmer bekommen. O. K?" Alle waren einverstanden. Wir stellten unsere Fahrräder ab., machten uns alle etwas frisch, tranken einen schönen Kaffee, suchten uns dazu eine Kuchenspezialität aus dem Spreewald aus und ließen es uns wohl ergehen. Nach der Stärkung bummelten wir durch die Innenstadt, kamen an einer Bootsanlegestelle vorbei und beschlossen, noch eine Kahnfahrt zu unternehmen. Die Fahrt sollte drei Stunden sein ... egal, wir hatten ja Zeit. Es war wunderschön, sich so durch die Gegend schippern zu lassen. An einigen Stellen legte unser Kahn an. Es wurden ständig viele Spreewälder Köstlichkeiten angeboten, und wir ließen uns überall und von allem überraschen. Mal war es eine Gurke, mal ein besonderer Rollmops, ein Schmalzbrot oder ganz frische Waffeln. Es machte einfach Spaß, sich hier langsam im Wasser durch die Wälder fahren zu lassen. Wir genossen unsere Zeit und die Freiheit.

Allmählich wurde es dunkel, blieb aber angenehm warm. An jedem Kahn wurde nun eine Lampe angezündet. Überall blinkten Lichter auf, märchenhaft anzusehen. Es fehlten nur noch die Elfen und alles war ruhig und friedlich. Wir kamen an wunderschönen Häusern vorüber, vor denen auf geschnitzten, bequemen Bänken altes und junges Volk saß, sich nach getaner Arbeit unterhielt und so den Tag ausklingen ließ. Ich dachte bei mir, ach lass doch diese schönen besinnlichen Stunden nie zu Ende gehen.

Aber unsere Tour war nun doch vorbei, ich bedauerte es sehr und spürte, meine Vettern und Cousinen empfanden es ähnlich wie ich, denn auch sie benötigten erst einige Minuten, ehe sie wieder sprachen. Nach einer kurzen Zeit des Schweigens sagte Klaus: „Es war wirklich eine wunderbare Idee, hier her zu fahren. Wann bekommt man so etwas in unserer lauten hektischen Welt schon mal geboten". Zufrieden und müde gingen wir nun in unsere Pension. Nachdem wir eine Kleinigkeit gegessen hatten und uns noch einen Schlaftrunk genehmigten, verschwanden wir in unseren Zimmern. Ach, wie waren diese Betten weich und angenehm, man schlief beinahe ein, ehe man sich richtig ausgestreckt hatte. Noch immer spürte ich im Bett das leichte Schaukeln vom Boot und dieses Gefühl schläferte mich so schön ein.

Morgens weckte uns die Sonne, die an diesem Ort etwas anders aussah, da sie durch ein dichtes Blätterdach fiel, und ganz in der Nähe rauschte ein kleiner Bach. Sicherlich gab es hier auch Forellen, dachte ich. Sollte es sich bestätigen, wusste ich bereits in diesem Moment, was ich an diesem Tag zu Mittag aß. Inzwischen waren auch Elke und Gisela wach. Beide sagten, sie hätten bei dieser Ruhe wie ein Murmeltier geschlafen. Kein Auto, keine Straßenbahn und nicht einmal ein Flugzeug war hier zu hören. An diesem Ort müsste man von all der Hektik im Alltag Urlaub machen, etwas Schöneres konnte es doch eigentlich nicht geben. Die Frage, wieso nahm man denn so etwas so selten wahr, stellte sich ein jeder.

Wir machten uns fertig und gingen hinunter zum Frühstück. Die vier Männer waren schon unten, standen draußen vor der Tür und sonnten sich. Sie schienen mit sich und der Welt im Augenblick zufrieden zu sein und waren auch der Meinung, dieser Ort sei ein wunderbarer Ort, um den Alltagsstress abzubauen.

Unser Frühstück ließen wir uns gut munden und überlegten dabei, was wir nun heute noch unternehmen wollten oder sollten. Es wurde ja noch eine Kahnfahrt über sieben Stunden angeboten, das hätte aber geheißen, wir müssten noch eine Nacht bleiben. „Warum eigentlich nicht?" sprudelte es aus mir heraus. „Na, wir haben überhaupt nichts an Wäsche mitgebracht und aus diesem Grund nichts zum Wechseln hier. Kann man das denn machen?" fragte Elke nachdenklich. Gisela hatte sofort die passende Antwort: „Man, wir werden nicht gleich stinken, wir duschen doch alle Tage. Außerdem gibt es sicher auch einige Geschäfte, in denen man das Notdürftigste besorgen kann". „Also gut, ich bin dann auch dafür, dass wir noch eine Nacht anhängen", schmunzelte Elke. Plötzlich bemerkte Norbert: „Wenn nun aber noch jemand von unseren Leuten kommen sollte, was dann?" „Dann geht unser Besucher sicherlich zu unseren nächsten Nachbarn hinüber und wird sich erkundigen, wo wir sind. Da sie uns die Fahrräder geborgt haben, wissen sie also auch Bescheid, erklärte ich, „gut wäre es, wenn wir bei unseren Nachbarn anrufen würden". „Stimmt, aber hat denn jemand von euch eine Telefonnummer?" fragte Elke. „Nein, natürlich nicht, aber bekommt man die nicht irgendwie heraus?" warf Wolfgang ein. „Klar doch, gehen wir einfach mal zur Post, dort finden wir sicher aus jeder Region ein Telefonbuch und dann auch die Telefonnummer. Also gut. Erst einmal in die Stadt und zur Post. Dann kann sich jeder auch noch besorgen, was er unbedingt heute oder für die Nacht noch benötigt", legte ich fest. So schlenderten wir nun gut gelaunt durch das hübsche Städtchen, machten unsere Besorgungen und erledigten den Telefonanruf. Jetzt konnte wirklich nichts mehr schief gehen, und wir genossen unbesorgt den schönen Tag.

Nach einer guten Stunde erreichten wir wieder die Anlegestelle und buchten unsere Fahrt. Der Kahn war etwas größer als der gestrige und so stiegen also auch noch fremde Leute hinzu. Das störte uns keinesfalls, denn es handelte sich hierbei auch um eine fröhliche Gesellschaft. Mittags legte der Kahn an einer idyllischen Gaststätte an, und ich konnte meine super frische und saftige Forelle genießen. Wir speisten draußen im Gartenrestaurant. Außer Dieter aßen alle Forelle, Wolfgang und Gisela nach Müllerinart. Dieter probierte Spreewälder Sülze mit Bratkartoffeln. Niemand war von seiner Speisenwahl enttäuscht, und so stiegen wir zufrieden und gesättigt zurück in den Kahn, um uns durch den schönen malerischen Spreewald schiffern zu lassen. Das gute Essen und der Wein taten ihr Übriges, und wir wurden alle etwas müde und still. Aber das macht nichts, wir hatten ja noch so viel Zeit.

Irgendwann einmal war leider auch diese schöne Fahrt zu Ende. Es war wieder dunkel und überall leuchteten die kleinen Lampen, die von weitem wie große Glühwürmchen aussahen. Beschwipst von der frischen Luft kehrten wir in unsere Pension zurück. Die Wirtin hatte uns ein schönes Abendessen zubereitet, das aus einer kalten Platte mit vielen Spree-Spezialitäten bestand. Große Mühe hatte sie sich gegeben, doch die Platte war eigentlich viel zu viel für uns. Da wir wussten, wie gut es unsere Wirtin mit uns meinte und es uns auch so gut schmeckte, wurden in kurzer Zeit die Spree-Spezialitäten ratzeputz von uns verdrückt. Anschließend bekamen wir noch einen Verdauungsschnaps, einen selbst angesetzten Vogelbeerschnaps als Gutenachttrunk eingeschenkt und dann ging es ab ins Bett. Ich war genau so müde wie tags zuvor und schlief schon beinahe beim Ausziehen ein.

Ohne Weckerklingeln saßen wir gemeinsam wieder gut gelaunt in der Frühe am Frühstückstisch. Die Sonne schien schon, als würde sie dafür bezahlt werden, und das war fein. Sicher mussten wir heute nicht mit so einem überraschenden Wolkenbruch rechnen und so machten wir uns in Hoffnung auf eine gute Fahrt auf den Heimweg.

Vom Turm einer großen Kirche hörten wir die Glocken läuten als wir vorbei fuhren. Norbert sagte: „Hi, die begrüßen uns", doch das stimmte nicht so ganz. Es handelte sich um eine Spreewald-Hochzeit. Neugierig hielten wir an einer Ecke und schauten uns die Zeremonie an. Oh, das war aber eine feine Braut. Sie trug an ihrem Festtag eine wunderschöne Spreewald-Tracht. Dazu gehörte sogar eine silberne Krone auf schwarzem Samt, die in ihr Haar eingeflochten war. Auch ihr Kleid war wunderhübsch mit sehr viel Stickerei und vielen herrlichen Bordüren. So wie das Kleid aussah, handelte es sich hierbei bestimmt um ein kostbares Exemplar und war sicherlich teurer als jedes weiße Brautkleid mit Schleier. Auch der Bräutigam war in einer wunderbaren Tracht gekleidet. Wie schön, dass wir so etwas als Abschluss noch mit ansehen durften. Nach einer Weile ging es anschließend auf dem schnellsten Weg zurück.

Frohgemut trällerten wir ein Lied und traten in die Pedalen. Die schönen großen Eichen bescherten uns wunderbaren Schatten und flitzten immer nur so an uns vorbei. Ab und zu überholte uns ein Auto oder ein Motorradfahrer, aber ansonsten war es ziemlich ruhig auf der Straße. Ein Fuhrwerk kam uns mit Gurken beladen entgegen und der alte Mann auf dem

Kutschbock winkte uns zu, hielt und fragte in einem komischen Dialekt, ob wir ein paar frische Gurken wollten. Er möchte uns gerne einige schöne Große schenken. Wir nahmen dem Bauern einige ab und wollten bezahlen. Dies lehnte er aber ab, Geld wollte er nicht. Die einzige Bedingung war, wir sollten den Spreewald nicht vergessen und irgendwann einmal wieder kommen. Das versprachen wir, obwohl keiner von uns daran glaubte.

Frohgemut fuhren wir weiter heimwärts. Das Radeln war in so einer Gemeinschaft herrlich. Günter stimmte fröhlich ein Lied an, und wir fielen alle wieder mit ein. Er sang: „Wir fahren, wir fahren, wir fahren in die Welt. Es kostet, es kostet, es kostet uns kein Geld. Mit dem Radel macht es Spaß und wenn es regnet werden wir nass. Tra la, tra la, tra la la und wenn es regnet werden wir nass". Wir lachten herzlich, ja jetzt hatten wir gut lachen.

Wir kamen an der Stelle vorbei, an der uns das starke Gewitter auf der Hinfahrt überrascht hatte. Der Bauwagen, unsere Schutzinsel, stand heute nicht mehr dort. Gisela war der Meinung, wir sollten uns in der nächsten Ortschaft nach einer Bäckerei umschauen und eine Vesper einlegen. Dies war eine gute Idee. „Hoffentlich finden wir so etwas Gutes an Bäckerei wie auf unserer Hinfahrt. Bis dahin kann es doch aber auch nicht mehr so weit sein oder? Na, einige Ortschaften weiter ist es sicher noch. Zwei Drittel des Weges haben wir doch wohl noch nicht hinter uns. Meiner Meinung nach war die Bäckerei gleich hinter Jüterbog, und so weit sind wir wirklich noch nicht. Wir werden es sehen. Vielleicht haben wir Glück und finden etwas Ähnliches", sagte ich. Wir fuhren bis zur nächsten Ortschaft durch, doch dann kam uns der Gedanke, wer langsam fährt kommt auch zum Ziel. Dieser Meinung schloss ich mich an und so ging es mit Singen und Palavern ein Stündchen weiter, bis es einen Knacks in Wolfgangs Fahrrad gab. Es war die Kette. Alle standen wir auf Kommando und sahen, dass die Kette zum Glück nur abgesprungen war. So konnte man sich schon behelfen. Nun hieß es wieder, wer hat Werkzeug dabei? In meiner Satteltasche war alles vorhanden und so leisteten die Männer mal wieder ganze Arbeit. Zuerst musste das Hinterrad gelockert werden und schon bald war die Kette wieder drauf. Anschließend die Schrauben gut festziehen und schon war alles wieder in bester Ordnung. Weit gefehlt, denn nun ging die Gangschaltung nicht mehr richtig. Aber auch das schafften wir. „Mit etwas Gefühl und Spucke bekommen wir jede Mucke", meinte Dieter, drehte am Rädchen und justierte das Seil für die Schaltung. „Gelernt ist eben gelernt", gab er an. Alle waren wieder fahrbereit und weiter ging's.

Es dauerte tatsächlich nicht mehr lange, und

wir erreichten den nächsten schönen Ort. Schnell fanden wir eine Bäckerei, die man schon von weitem roch. Ich stellte mir die Frage, ob es in dieser Gegend wohl noch überall so alte schöne Bäckereien gab wie man sie früher fand? Bei uns zu Hause konnte man eine Ewigkeit danach suchen und finden würde man noch lange keine.

Also ab ging es ... zurück in das Geschäft, in dessen Auslage wirklich wieder ganz leckere Backwaren lagen. Wer die Wahl hat, hat die Qual, denke ich. Was soll ich nur nehmen? Elke meinte, sie nehme jetzt etwas Süßes, und von dem wunderbaren Brot könnten wir etwas zum Abendessen mit nach Hause nehmen. Gute Idee, so werde ich es auch machen. Selbst die Männer waren mit diesem Vorschlag einverstanden. Der Kaffee war besonders gut und wurde sogar in der Bäckerei frisch geröstet. Schnell vertrödelten wir so eine Stunde, aber es hatte uns allen gut getan. Anschließend wollten wir gemächlich unsere letzten 25 km hinter uns bringen. Mir schwirrten Gedanken und Fragen durch den Kopf, was wir eigentlich am Abend essen wollten ... Brot hatten wir ja mitgenommen, aber was gab es dazu? Ich fragte Elke und Gisela, ja daran hatten sie auch noch nicht gedacht. So mussten wir wohl noch einmal irgendwo stoppen und etwas besorgen, denn zum außerhalb Essen hatten auch sie keine rechte Lust. Die Männer wahrscheinlich sowieso nicht, also fragen wir nicht lange, und in der nächsten Ortschaft wurde bei einem Metzger noch mal gehalten. Auch hier fanden wir leckere Spezialitäten, die wir zu Hause nicht bekamen. Nun konnte aber wirklich nichts mehr passieren. Wein hatten wir noch von der Oma jede Menge zu Hause und so konnte es dann noch ein schöner gemütlicher Abend werden. Sollte das Wetter noch so bleiben, könnten wir einen Tisch hinausstellen und wieder unter dem Nussbaum essen.

Es dauerte nicht mehr lange, und wir hatten unsere letzte Wegstrecke auch hinter uns gebracht. Ach wie schön … wieder zu Hause. Die Männer erfrischten sich erst einmal sofort unter der Pumpe und mussten das Wasser ganz schön lange abpumpen, ehe es richtig kühl war. Wir Frauen brachten unsere Wurstwaren schnell in den Keller in die eingelassenen Stahlkästen, damit alles bis zum Abend schön kühl und frisch blieb. Um den Wein brauchten wir uns nicht zu kümmern, dieser befand sich sowieso im Keller und hatte von daher die richtige Temperatur.

Zuerst einmal zogen wir unsere Klamotten aus, die wir nun mittlerweile bereits den dritten Tag am Körper trugen. Wie schön wäre eine Dusche, wenigstens so eine im Hof, wie sie uns unser Vater früher oft gemacht hat.

Maaan… ich glaube ich träume… Günter, der

Schatz, hatte wohl meine Wünsche erraten, es war alles für eine Dusche hergerichtet. Wo er wohl so schnell alles dafür gefunden hat? Sicherlich befand sich alles dafür in der Scheune. Der Motor für die Motorpumpe lief schon, man war das toll. Nun alle Männer einmal aus dem Blickfeld und schon ließen wir drei Frauen das eisige Wasser über unseren Körper laufen. Oh, oh, war das toll. Wir bekamen von dem kalten Wasser kaum Luft. Schnell schlüpften wir in unsere Bademäntel und fühlten uns wie neu geboren. Als wir Frauen verschwanden und uns anzogen, standen schon die Männer unter der Dusche, sie hielten etwas länger durch als wir. Innerhalb kürzester Zeit waren wir alle sauber, frisch und frei. Ach was fühlten wir uns hier so ungezwungen wohl. So gut würden wir es kaum noch einmal haben.

Wir hörten ein Auto hupen und gleich darauf klopft es am Tor. Dieter sagte: „Sch... Wer stört uns denn nun noch in unserer Gemütlichkeit?" „Na, nun flipp mal nicht gleich aus, wird schon kein hungriger Gast sein und wenn es so ist, reicht unser Essen auch noch", antwortete ich ihm, ging zum Tor und schaute nach, wer uns jetzt noch besuchen wollte. Ich sah gerade noch ein Taxi abfahren. Vor mir stand ein junger Mann und begrüßte mich mit „Hello". Seine Frage lautete anschließend: „Bin ich her rechtich bei Großeltern Erben?" „Ja schon, aber was wollen sie von uns? Ach, sind sie etwa der Käufer?" antwortete ich verdutzt. Dieser hatte sich doch erst für die nächste Woche angesagt. Außerdem war mir nicht bewusst, dass unser Haus und Hof an einen Ausländer gehen sollte. Der Mann antwortete: „O nee, ick bin vielleicht een Käufer, aber mit enem Makler hab ick nichts zu tun. Ick komme im Auftrag von meinem Daddy. Mein Name ist Klaus Junior. Mein Daddy ist der Vetter Klaus aus USA". „Oh, Hallo Klaus Junior, also mein Großcousin Klaus. Das ist aber eine wunderbare Überraschung. Na dann komm mal hinein. Da hast du aber Glück, dass du jemanden antriffst. Wir sind noch nicht lange zurück, wir hatten eine Radtour in den Spreewald gemacht", erzählte ich ihm. „So, in den Spreewald und dann mit dem Bicycle is dat nich so weit? Da wäre ich gern mitgefahren", plauderte Klaus Junior. „Na nun komm aber erst einmal mit, übrigens … ich bin deine Tante Anne", erklärte ich ihm.

Auf dem Hof unter dem Nussbaum machte ich Klaus Junior mit unseren Familienmitgliedern bekannt. Alle freuten sich, noch von Klaus, bzw. seinem Sohn etwas zu hören. Günter war am meisten überrascht und erfreut, seinen Neffen zu sehen. Damit hatte auch er nicht gerechnet. Klaus Junior stellte Fragen über Fragen. Er war an allem interessiert. Wir hatten nicht einmal Zeit, selbst Fragen zu stellen, dabei wollten wir mindestens genau so viel von ihm wissen. Aber das hatte schließlich noch Zeit.

Kurze Zeit später haben wir gemütlich zu Abend gegessen, nämlich all die leckeren Dinge, die wir uns unterwegs besorgt hatten. Junior war hell begeistert von unserem Essen. So gut hätte es ihm schon lange nicht mehr geschmeckt. Auch Omas Wein dazu mundete jedem. Junior war immer wieder verwundert, was man in Deutschland so alles selbst herstellte. Vor allem war er von dem wunderbaren Brot begeistert. Er war der Meinung, das käme sicherlich nicht aus einer Fabrik. Solch ein Brot könne nur selbst gebacken sein. Am liebsten wollte er mit uns morgen gleich in den Spreewald fahren, um sich all das auch einmal anzusehen. Daraufhin schlug ich vor, erst einmal hier vor Ort unsere Heimat zu erkunden und auch mit diesem Vorschlag war Junior zufrieden. An diesem Abend wollte er aber nicht mehr weit fort, nur noch Haus und Garten inspizieren. Dieser Wunsch war uns nur recht.

So machten wir nach dem Essen noch einen Spaziergang durch Garten, Scheune und Haus. Junior meinte, genau so hätte er sich alles vorgestellt. Vater Klaus berichtete so viel von Oma und Opa, zeigte ihm einige Bilder, und weckte somit seine Sehnsucht nach Deutschland und dem Haus. Als er von dem Verkauf des Hauses erfuhr, musste er einfach anreisen. Ja, das verstanden wir alle, denn aus diesem Grund sind auch wir alle gekommen, um hier von unserer schönsten Zeit Abschied zu nehmen.

Es wurde langsam dunkel und ich schlug vor, wir sollten alles Weitere auf den nächsten Tag verschieben. Onkel Günter lud Junior ein, oben bei ihm zu schlafen. In einer Truhe fand ich noch einige Decken und Wäsche, so konnten wir für den USA-Besuch auch noch ein Lager herrichten. Bald wurde es still im Haus, nur noch die Katze vom Nachbarn miaute unter meinem Fenster. Wen mochte sie wohl rufen? Kurze Zeit später schlummerte auch ich friedlich ein und träumte von Oma.

Ich erwachte, weil ich auf dem Hof jemanden sprechen hörte. Man, es war noch nicht mal ganz sechs Uhr und da standen nun schon Günter und Junior und unterhielten sich. Es war aber auch ein wunderbarer Morgen. Die Vögel zwitscherten im Nussbaum, und eine Elster machte einen riesigen Krach, sie hatte Zoff mit der Katze. Die Elster wollte gerade die Reste von unserem Abendessen abräumen, aber die Katze war schneller.

Nach einer Weile kamen so nach und nach auch die anderen zum Vorschein und es wurde Zeit, dass ich den Kaffee auf den Tisch brachte. Für Klaus Junior und Günter hatte ich schon eine Tasse hergerichtet, die tranken sie im Stehen. Meine Frage, ob wir draußen unter dem Nussbaum essen wollten, bejahten alle, und Ich brachte Kräftiges, Süßes und jede Menge Kaffee auf den Tisch. Es wurde erzählt und in Erinnerungen geschwelgt, dabei merkten wir nicht, wie die Zeit verging. Plötzlich war es schon beinahe Mittagszeit, und wir saßen immer noch an unserer Frühstückstafel. Junior blickte auf die Uhr und staunte, wie schnell die Zeit vergangen war. Wir waren ihm nicht fremd, und auch wir hatten das Gefühl, als ob er schon immer zu uns gehörte.

„Was wollen wir uns denn nun für heute vornehmen", fragte Günter „Klaus ist hergekommen, um hier alles kennen zu lernen, also was machen wir als erstes?" „Wie wäre es mit einem Spaziergang zum oder an den See?" fragte ich. Ja gut … stimmten alle zu und so machten wir uns zu unserem Besichtigungsgang fertig und auf los ging's los. Ich fragte noch, „habt ihr alle vernünftiges Schuhwerk an?" und Gisela blödelte zurück „ja Mama". „Na, dann die Türen abschließen und hinaus mit euch". gab ich lachend zur Antwort.

Günter nahm seinen Neffen unter die Fittiche und begann sofort, ihm alles zu erklären. „Also, hier wohnte unser Zahnarzt, er starb aber bald nach dem Krieg, habe aber keine Ahnung, wer das schöne Grundstück mit Haus zurzeit bewohnt. Ist ja ein sehr schönes Anwesen. Übrigens, bei dem Zahnarzt war ich einige Male in Behandlung. Ob du es glaubst oder nicht, beim Bohren ging das damals nicht mit Strom, sondern der Bohrer wurde mit einem Fußpedal betätigt, Doll was? So und hier drüben war früher ein kleiner Kolonialwarenladen, da bin ich oder besser gesagt, da sind wir für Oma immer einkaufen gegangen. Dort auf der anderen Seite, das sind unsere eigentlichen Nachbarn, mit dessen Kindern wir immer zusammen spielten. Sie borgten uns auch die drei Fahrräder, die wir benötigten, um in den Spreewald zu fahren. Du wirst sie am Samstag kennen lernen, wir haben sie zu uns eingeladen. Dort hinter der Kurve, da war früher ein Metzger. Schau mal die Straße an, alles Kopfsteinpflaster, das hält für alle Ewigkeit. Wenn Opa mit uns im Pferdewagen hier lang fuhr, das war eine Rumpelei. Ebenfalls, wenn wir hier mit dem Rad fuhren … meine Güte, wenn ich noch daran denke. Ja, Opa hatte zwar kein Pferd und keinen Wagen, aber er hatte Ackerland, und darauf baute er Weizen und Roggen außer Gemüse und Kartoffeln an. Opa hat das Korn mit der Sense gemäht, und wir mussten es zu Garben binden und aufstellen, damit es richtig austrocknen konnte. Wenn es dann zum Mahlen richtig trocken war, hat sich Opa ein Gespann geliehen und das Getreide zur Mühle gebracht. Ich war oft dabei, um ihm zu helfen. Habe dann auch immer zugeschaut, wie das Korn zu Mehl gemahlen wurde. Das war schon eine interessante Sache. Dann luden wir die gefüllten Mehlsäcke wieder auf den Pferdewagen und es ging mit unserer neuen Fracht heimwärts über die dicken Holpersteine. Und nun schau mal hier, das rote Backsteinhaus, das ist das Elternhaus von unserer Oma, also das Haus deiner Urgroßeltern. Ganz schön groß was? Das Haus ist mit das Größte im Ort. Und sieh mal hier, das ist die Dorfpumpe ... genau vor dem Haus deiner Urgroßeltern. Bedenke mal, das Haus wurde schon so um 1870 gebaut. Ist das nicht interessant? Sicher hat dir dein Vater erzählt, dass der Urgroßvater hier Schneidermeister und ein sehr angesehener Mann war. Die Urgroßmutter war eine Müllertochter. Das große Grundstück erbte sie von ihren Eltern. Irgendwann schauen wir mal in den Hof hinein. Auf dem großen Hof stehen noch zwei größere Gebäude, beide sind mit Stroh gedeckt. Eins davon war wohl das Wohnhaus und das andere war ein Kornspeicher. Beide sind aber wohl heute nicht mehr in Gebrauch". „Ja Günter, wir sollten uns das alles tatsächlich einmal anschauen, womöglich stehen in dem Wohnhaus noch alte Möbel und weiteres Inventar, dann könnten wir sogar noch sehen, wie unsere Ur-Urgroßeltern gelebt haben. Stellt euch das mal vor. Die Gebäude sind ja mindestens gleich nach 1800 gebaut worden, also schon an die 200 Jahre alt", berichtete ich. Diese Zahlen waren für Klaus beinahe eine Unwirklichkeit. Er wollte immer mehr von seinen Vorfahren wissen, doch viel mehr wussten wir selbst nicht. Wir einigten uns darauf, einen Stammbaum anzufertigen und ein jeder musste etwas dazu beitragen. Als erstes sollten wir die umliegenden Kirchen anschreiben und uns nach Geburtsurkunden erkundigen. Wenn wir die bekamen, waren wir schon einen Schritt weiter. „Na Klaus, du wirst uns wohl dabei kaum helfen können, denn von USA aus ist es für dich wesentlich umständlicher als für uns. Jedenfalls versprechen wir dir, wenn wir alles zusammen haben, bekommst du natürlich auch die Unterlagen von uns. Auch du sollst schließlich wissen, woher du kommst … abgemacht?" fragte ich ihn.

Es war nicht mehr weit bis zum See. „Schau, dieses wunderschöne Haus, sogar noch mit einem Reetdach gedeckt. Gibt es heute auch kaum noch in unserer Gegend, und weißt du wieso nicht? Es gibt hier niemanden, der solche Dächer noch decken kann. Für dieses Dach muss jedes Jahr jemand aus dem Spreewald kommen, um die Schäden, die übers Jahr entstanden sind, auszubessern. Das ist natürlich auch ein teurer Spaß. Wenn das Dach nun wirklich mal nicht mehr zu reparieren ist, dann ist die schöne Kunst auch bei uns vorbei. Und in diesem schönen Haus haben wir früher oft in unseren Ferien auf der Terrasse gesessen und ein Eis gelöffelt, sieh mal, die Terrasse reicht ein ganzes Stück in den See hinein. Sonntags gab es hier oft Live-Musik. Auch Tante Giselas Vater spielte hier zum Tanz auf", berichtete Günter weiter.

Klaus Junior war begeistert. So viele schöne und sogar historische Gebäude hatte er sich nicht vorstellen können. An solche Sachen war in USA natürlich nicht zu denken.

Noch 500 Meter weiter und wir waren am Badestrand, an dem sich viele Badegäste tummelten. Früher gehörten wir auch bei jeder Gelegenheit dazu. Schau, hier hat ein neuer Gastwirt eröffnet mit Spezialitäten aus dem Schwarzwald". „Lädt ja eigentlich zum Essen ein", meinte ich. „Ja stimmt, mal sehen, was so alles auf der Karte angeboten wird, sprach Günter. „Schaut mal, Flammkuchen, hat den von euch schon jemand probiert?" entfuhr es mir begeistert. „Ja, Dieter kennt ihn, er war mal im Schwarzwald im Urlaub, ist so etwas Ähnliches wie Pizza, nur zarter, so mehr mit Sahne und so. Aber hier eine Schwarzwaldplatte mit Wurst und echtem Schwarzwaldschinken, dazu einen echten Schwarzwälder Bauernschnaps" Günter war begeistert und die Männer entschieden sich dafür. Wir Frauen wollten den Flammkuchen probieren, zu dem ein Feldsalat gereicht wurde. Alle bestellen wir uns natürlich einen passenden Wein. Ach, war das hier am See ein schönes Plätzchen, so ruhig und schattig. Junior war von unserer Heimat immer wieder neu begeistert. Zurzeit waren wir die einzigen Gäste und die Ruhe und der getrunkene Wein lullten uns so richtig ein. Man mochte sich am liebsten nicht mehr von dem bequemen Stuhl erheben.

Günter begann wieder zu erzählen. „Im Winter ist es auch schön hier, das hat schon Omas Generation zu schätzen gewusst. Die jungen Leute haben sich auch früher hier getroffen. Auf der anderen Seite vom See sind auch einige Gaststätten und ein Hotel. Dort drüben in den Gaststätten wurde zu Omas Zeiten auch oft zum Tanz aufgerufen. Über den See sind es nur etwa 4 km, aber wenn man außen herum muss, dann sind es schon mindestens doppelt so viel Kilometer, wenn nicht mehr. Also hieß es immer einen ganz schönen weiten Weg zu Fuß zurück legen, wenn man zum Tanz wollte. Die Jugend traf sich zu Omas Zeiten dann vorne an dem Reethaus und ging zusammen weiter um den See. Manchmal kam dann auch jemand mit der Kutsche, und sie konnten zusammen hinüber fahren. Im Winter in der Fastnachtszeit war es aber oft so kalt, da fuhren sie mit der Kutsche gleich über den See. Das war dann, wie Oma sagte, immer ein besonderes Vergnügen für alle. Aber es soll auch schon mal ein Bauer mit Pferd und Wagen auf dem See eingebrochen und ertrunken sein.

Ja Fastnacht, diese Zeit wurde hier, wie Oma immer sagte, besonders gefeiert. Oma hat erzählt, jedes Mädchen hat vor dem Fast-nachtsball ein kleines Blumensträußchen ab-geben müssen, das gleiche behielt sie auch für sich. Die Buschen durften sich dann eins aussuchen, und steckten es ans Jackett. Die Mädchen kamen etwas später. Sie mussten, um in den Ballsaal zu gelangen, erst durch ein Fass steigen und wurden dann mit ihrem Sträußchen von den Burschen in Empfang genommen. Jeder sah nun sein Mädchen, mit dem er seinen Abend verbringen musste oder durfte. Heimlich wurde dann aber von manchem Mädchen auch schnell noch ein Sträußchen vertauscht. Drei Tage und Nächte wurde dann durchgefeiert. Am Aschermittwoch war Zempern. Das heißt, die Jugend traf sich wieder am Vormittag vor dem Gasthaus. Die Mädchen mit kleinen Körben und die Männer hatten irgendein Musikinstrument dabei. Einige von ihnen hatten eine Mundharmonika und mancher auch nur einen Kamm. So wurde dann ein Umzug durch den Ort veranstaltet, bei den Bauern am Tor geklopft und um eine Spende gebeten. So wurden Eier, Speck, Brot und Butter gesammelt. Danach ging es wieder zurück in die Gaststätte, und die Jugend verspeiste alles gemeinsam. Das war dann das Ende der Fastnacht und für ein Jahr alles schöne Treiben vorbei".

Ach, das muss auch eine schöne Zeit gewesen sein, waren wir nun alle der Meinung, aber Junior war davon am meisten beeindruckt. So etwas konnte man sich in Amerika wirklich nicht vorstellen, aber wenn er hier so die alten Häuser und die lauschigen Ecken und Winkel sah, glaubte er alles.

Mittlerweile war es nun schon Nachmittag, und wir beschlossen, heute nicht mehr um den See herum zu gehen, schließlich hatten wir ja noch die halbe Woche Zeit, ehe sich der Makler mit dem Käufer zeigen wollte.

Den Rückweg nahmen wir durch die Felder, den wir früher als Kinder immer gingen. Auch diesen Weg wollten wir Junior nicht vorenthalten. Unbedingt sollte er das alte Storchennest sehen. Zwei Bauernhäuser standen abseits der Straße und tatsächlich … es waren auch jetzt immer noch Störche in den Nestern. Die Nester waren auf einem großen Rad aufgebaut und in einem Nest befanden sich zwei und in dem anderen Nest sogar drei junge Störche. Das war vielleicht ein Geklapper dort auf dem Dach. Elke machte uns noch auf die vielen Schwalbennester unter dem Dach aufmerksam. Auch das sah unser junger Klaus zum ersten Mal. „Oh ja, das ist Europa oder Deutschland", rief er begeistert, „ich kann jetzt verstehen, warum mir die Eltern so viel von Deutschland erzählten, nur verstehe ich nicht, warum sie hier alles aufgegeben haben". Günter sagte „als deine Eltern hier aus Deutschland fort sind, war auch eine echt verdammt schlechte Zeit hier. Kaum einer wusste, wie es weiter gehen wird, und ob Deutschland jemals wieder auf die Beine kommt. Viele junge Deutsche sind damals ausgewandert. Auch ich habe oft überlegt, ob ich bleibe oder gehe.

Wir waren nun beinahe wieder zu Haus ange-
langt und die Dunkelheit setzte schnell ein.
Ebenfalls zog ein Gewitter auf, denn es wurde
plötzlich recht stürmisch. Die lose trockene
Erde auf den Feldern wirbelte uns in die Augen, und wir flüchteten über die Straße, doch
viel besser war es aber auch hier nicht. Dann
plötzlich Stille ... Kein einziger Windhauch.
Die Luft sah ganz schwefelgelb aus. Ein grel-
ler Blitz und gleich darauf ein ohrenbetäuben-
der Donnerschlag. Im gleichen Augenblick
fing es auch an zu gießen wie aus Kübeln. Wir
rannten so schnell wir konnten zum Haus.
Obwohl wir nur einige Meter von der Haustür
entfernt waren, weichten wir alle vollkommen
durch. Ich fand, es war ja nun mal ein feiner
Abschluss von unserem schönen Spaziergang. Kurze Zeit später war das Gewitter wieder vorüber, als wäre nichts gewesen. Doch
ein Schaustück führte uns ein Blitz doch noch
vor ... er war gerade als wir zur Haustür hinein sind, erneut durch den Flur gerast und
wieder zurück in die Erde vor unserem großen Baum. Wir waren alle ziemlich erschrocken und Junior erklärte uns, dass dort eine
Wasserader lang laufe. So etwas musste man
wissen, denn sie beschützte das Haus.

Nach und nach kam die Sonne wieder und
ebenso alle Hausbewohner. Ach, duftete das
hier alles gut nach dem Regenguss. Nun
mussten wir aber zusehen, wie wir all die nas-

sen Sachen wieder trocken bekamen. Gisela schwelgte in Erinnerungen: „Wisst ihr noch, wie es früher immer beim großen Waschtag war? Unsere Mütter standen gemeinsam am Waschfass und schrubbten auf einem Waschbrett die Wäsche. Kleinere Bottiche standen mit Wasser gefüllt unter und neben der Pumpe, in denen dann die Wäsche gespült wurde. Danach wurden im ganzen Hof Leinen gespannt, die immer wieder mit Wäschestützen, so lange Stangen, unterstützt wurden. Im Sommer kam dann die Wäsche gerade mal so ausgewrungen auf die Leinen. Bei jedem Windstoß flatterte und knallte die Wäsche. Wir sind davon immer richtig nass gespritzt worden. Wenn die Wäsche etwas angetrocknet war, wurde sie mit einer Gießkanne wieder begossen. Das ging so einige Male und am Abend war die Wäsche dann trocken und wunderbar weiß gebleicht von der Sonne". „Ja, und nach Sommer geduftet hat sie auch", fügte ich hinzu. Gisela fuhr fort: „Am nächsten Tag wurde die Wäsche gemangelt. Oben auf dem Flur steht ja wohl noch die Wäscherolle. Die Mütter haben die Wäsche gelegt, und wir Kinder drehten die Rolle. Bei jedem Laken oder Bezug einmal, zweimal, dreimal und dann das vierte Mal. Danach war das Stück aber wunderbar glatt. So etwas bekommt man heute mit dem Bügeleisen nicht mehr hin. Wunderschön sah aber nach dem Mangeln die Damastwäsche aus. Das Muster hatte sich so richtig hervorgehoben".

„Einmal ist mir aber etwas Fürchterliches passiert", sagte ich. „Mit meiner Schwester Regina mangelte ich Wäsche. Ich drehte die Kurbel, und sie legte die Wäsche schön glatt ein. Plötzlich ... ein markerschütternder Schrei, Regina hatte ihre Hand zwischen Rolle und Wäsche. Ich hab die Rolle sofort zurück gedreht, die Hand war wieder frei, aber richtig platt. Die Finger waren lange nicht zu bewegen, und die ganze Hand wurde blau. Das müssen sicher furchtbare Schmerzen gewesen sein, ich darf heute noch nicht daran denken.

„Da gab es aber noch eine Geschichte", begann Elke. „Einmal stand oben ein Wäschekorb mit frischer Mangelwäsche. Unsere Katze hatte nichts Besseres zu tun, legte sich hinein, und bekam dort ihre jungen Kätzchen". „Ach ja, stimmt ja", antwortete Gisela, „daran kann ich mich auch noch erinnern". „Gut", sagte Dieter lächelnd, „aber davon wird unsere Wäsche auch nicht trocken. Was machen wir nun?" „Also, wir werden erst einmal nachschauen, ob wir Omas Wäscheleine und die Klammern finden. Ihr Männer könnt dann die Leine aufziehen, und wir hängen die nassen Sachen zum Trocknen auf. Die Leine kann nur unten im Keller sein", erklärte ich. Elke begleitete mich und ein paar Minuten später fanden wir die Wäscheleine und die Klammern. Ein Jeder half mit, die Sachen auf die

Leine zu hängen. Die dünnen Sachen wurden schnell vorher noch unter der Pumpe durchgespült. Dieter meinte, er fühle sich jetzt wie früher bei Oma, und Junior fand das ganze Leben hier einfach idyllisch.

Langsam bekam Günter Hunger und fragte, wie oder was wir uns für heute Abend so gedacht hätten. Bis jetzt hatte noch niemand darüber nachgedacht. Ich meinte: „Wir haben noch einiges an Wurst, Schinken und Brot von gestern vorrätig. Wir könnten wieder hier auf dem Hof zu Abend essen". Alle waren mit meinem Vorschlag einverstanden. Günter schlug aber trotzdem vor, mit dem Rad noch einmal loszufahren und zu schauen, was es vor Ort noch so gab. Junior war von dem Vorschlag begeistert und wollte unbedingt mit. So fuhren sie los, und wir kümmerten uns weiter um die Wäsche und deckten in der Zwischenzeit den Tisch. Lange blieben die beiden nicht fort. Sie brachten frische, weiße, knackige Brötchen mit, und was wir kaum für möglich hielten, frisches geschabtes Tartar, und wer das nicht mochte, für den hatten sie auch noch Hackepeter gekauft. Man, das war aber ein leckeres Abendessen. Tartar hatte ich schon eine Ewigkeit nicht mehr gegessen, das war in unserer Gegend nicht so bekannt. Sogar an kleine frische Zwiebeln hatte Günter gedacht. Schnell setzten wir uns gemeinsam an den gedeckten Tisch. Einige Flaschen von Omas Wein standen auch schon bereit. Wir wünschten uns gegenseitig einen guten Appetit, doch den hatten wir sicher alle. Jeder griff beherzt zu, als wenn er heute noch nichts bekommen hatte. Es schmeckte aber auch wieder alles ausgezeichnet.

„Morgen ist Samstag, ich denke da sollten wir zum Abend etwas zum Grillen besorgen, denn wir haben ja unsere Nachbarn eingeladen. Oder was meint ihr", fragte Elke. „Keine schlechte Idee, aber gibt es hier irgendwo einen Grill und Zubehör", lautete Dieters Frage. Elke antwortete ihm, sie und Freunde hätten früher des Öfteren hier auf dem Hof gegrillt. So müsste Zubehör in der Scheune stehen. Wir beschlossen, am nächsten Tag nachzuschauen, da es in der Scheune schon dunkel war. So saßen wir nach dem Abendessen noch gemeinsam im Hof bis es dunkel wurde. Elke glaubte sich zu erinnern, irgendwo ein Windlicht gesehen zu haben, doch wo konnte das nur gewesen sein? Ich überlegte auch … „vielleicht auf dem Schränkchen, wo noch einige Nippes von Oma stehen?" „Ja, könnte sein", antwortete Elke, stand auf, um nachzuschauen und brachte tatsächlich das Windlicht mit. und noch eine Flasche von dem dickflüssigen Pflaumenwein, unseren Likörwein. Ach, was saß es sich hier so gemütlich. Alle waren wir nun etwas ruhiger geworden. Jeder hing seinen eigenen Gedanken nach, indem wir in das flackernde Windlicht schauten. Plötzlich fragte Junior, ob man morgen mit dem Fahrrad zu der Mühle fahren könnte, er würde sich dort auch gerne umschauen. „Klar können wir, wir müssten uns nur noch ein Fahrrad besorgen, das dürfte aber kein Problem sein", stimmte ich ihm zu. „Ok, dann wissen wir ja schon, was wir morgen machen. Wir müssen aber erst noch nachschauen, ob wir den Grill finden", fügte Elke hinzu. „Nicht nur das", erwiderte ich, „wir müssen auch nach Holzkohle oder Spiritus schauen. Wenn etwas fehlt, können wir alles besorgen wenn wir mit den Rädern auf Tour sind. Fleisch und Brot müssen wir ja sowieso noch einkaufen. Sicher werden wir hier im Ort alles bekommen, meinte ich. „Aber nichtsdestotrotz, ich bin müde und werde so langsam verschwinden. Kann ich schon einiges vom Tisch mit hinein nehmen?" „Ja, ich helfe dir und verschwinde dann auch", sagte Elke. Auch Gisela erhob sich und so blieben nur noch die Männer draußen sitzen und unterhielten sich leise.

Am nächsten Morgen erwachte ich wieder vom Vogelgezwitscher. Direkt auf dem Fensterbrett vor meinem Bett saßen zwei kleine Meisen und schauten zu mir hinüber. „Na ihr zwei, wollt ihr mir was erzählen oder habt ihr Hunger? Doch sicher nicht, ihr findet doch jetzt da draußen alles, was euer Herz begehrt", erklärte ich ihnen. Die Vögelchen blieben sitzen, bis ich aus dem Bett stieg, schwupps, dann flogen sie fort. Ich schaute aus dem Fenster. Ach ja, unsere ganzen durchgeweichten Sachen vom Vortag hingen noch auf der Leine. Im Nachthemd, so wie ich war, ging ich hinaus um die Wäsche abzunehmen. Meine Güte, war das ein Lüftchen, ein leiser leichter Wind. Ich kam mir vor, als würde ich im warmen Wasser liegen und fühlte mich von der kühlen, frischen Briese richtig beschwipst. In diesem Moment wurde mir erneut wehmütig zu Mute. Alles zum letzten Mal … niemals wieder. Das konnte und durfte doch nicht sein. Giesela kam zu mir, auch gerade so, wie sie aus dem Bett gestiegen war. „Ach, du bist auch schon draußen", stellte sie fest. „Ja, es ist hier so wunderschön heute Morgen, erklärte ich, „ich habe schon die Wäsche von der Leine geholt. Wir können die Sachen wieder anziehen. „So etwas geht nur hier", sagte Gisela, „meine Güte, wenn ich daran denke … alles hier nun zum letzten Mal zu sehen, könnte ich in Tränen ausbrechen. Geht es dir nicht auch so Anne?" „Genau so ging es mir eben auch, und ich wurde sogar heute noch von einem Meisenpaar geweckt, was sagst du dazu?" antwortete ich ihr. „Ich kann dazu nichts sagen Anne, nur, dass mich das alles so unendlich traurig macht", entgegnete Gisela mit gesenktem Kopf. „Nun wollen wir aber nicht schon am frühen Morgen traurig sein, wir werden alle hier zusammen noch einige schöne Stunden verleben und womöglich geschieht noch ein Wunder", tröstete ich sie. „Ich habe im Lotto getippt. Wenn ich gewinne, kaufe ich es euch allen ab und alles bleibt so, wie es zurzeit ist". „Ich glaube, wir müssen jetzt wieder zurück ins Haus, die anderen werden auch bald da sein, und ich möchte mich zuvor noch waschen und anziehen", beendete ich unser Gespräch.

Eine Stunde später saßen wir am Frühstückstisch. Elke hatte sogar schon nach dem Grill gesucht und ihn auch gefunden. „Es ist alles vorhanden, was wir benötigen", verkündete sie. „Gut so", meinte Günter, „du bist der Profi, du musst wissen, was wir brauchen". Nun konnten wir in Ruhe frühstücken und uns anschließend darum kümmern, noch ein fahrbereites Fahrrad zu bekommen. „Elke, machst du uns bitte eine Liste, was wir noch für den Abend alles besorgen müssen, ich kenne mich mit der Grillerei nicht so aus. Also wir hier sind jetzt acht Personen und vier kommen von drüben noch mindestens hinzu. Sicher benötigen wir auch noch etwas an Beilagen oder?" warf ich ein. „Klaro, sicher, aber ich werde schon an alles denken. Ich mache jetzt den Zettel fertig und den geben wir dann beim Fleischer ab, wenn wir zur Mühle fahren. Er kann dann in aller Ruhe alles zusammen stellen, und auf dem Rückweg nehmen wir unsere Bestellung mit nach Hause", beruhigte mich Elke. „Meinst du unsere Getränke sind ausreichend?" fragte ich. „Wohl kaum", grinste Elke, „wir werden vor allem noch ein paar Flaschen Wasser kaufen und eventuell auch ein paar

Flaschen Bier. Aber das mit dem Bier sollen mal die Männer entscheiden".

In der Zwischenzeit waren die Männer wieder zurück und hatten für Junior auch ein Fahrrad besorgt. „Also, alle fertig zum Aufbruch?" fragte Günter. „Ja", antworteten wir gemeinsam, „wir müssen aber noch ein oder zwei Taschen für den Einkauf mitnehmen, dann alles abschließen und ab geht es in die Natur".

Junior hielt sich wieder an seinen Onkel Günter und die beiden fuhren auch voraus. Elke rief den beiden zu: „Hallo, nicht so schnell, wartet mal. Ich muss doch die Bestellung für unser Fleisch abgeben". Sie waren aber so vertieft in ihr Gespräch, dass sie uns gar nicht mehr wahr nahmen. War ja auch egal, wir wussten, wo sich die Mühle befand und sie würden schon bemerken, wenn sie alleine dort ankamen.

Elke war bald wieder aus dem Laden zurück. Der Fleischer bot ihr noch besonders gute Bratwürste an. Er habe sie nach einem neuen Rezept hergestellt und da konnte sie nicht ablehnen. Na, war auch gut so. Wenn nicht alles gegessen werden sollte, hatten wir eben gleich etwas für den folgenden Abend. Ich meinte, wir sollten auch gleich noch in den Gemüseladen gehen, womöglich war auf unserer Heimfahrt alles ausgesucht. „Ja, da hast du recht, auch das Gemüse müssen wir ja nicht schon jetzt mitnehmen, das lassen wir auch hier, so wie das Wasser", erklärte Elke. „Nur mit dem Bier wissen wir nun noch nicht, welches und wie viel. Macht nichts, Klaus kennt sich mit deutschem Bier sowieso nicht aus, und Günter muss trinken, was da ist. Los Dieter, Wolfgang, und Norbert, ihr seid jetzt gefragt, ihr geht jetzt in den Laden und kümmert euch um das Bier. Wenn möglich, sollen sie es schon mal kühl stellen. Bezahlt bitte schon alles, dann geht es am Nachmittag schneller", ordnete sie an.

Endlich erreichten wir die Mühle und sie war sogar in Betrieb, das kam nun nicht mehr alle Tage vor. Günter und Junior waren mindestens schon 20 Minuten vor uns angekommen und wunderten sich, wo wir blieben. Klaus war sehr beeindruckt von der Windmühle, so etwas hatte er in Natura noch nicht gesehen, und er konnte kaum glauben, dass es in unserer Zeit überhaupt noch solche Mühlen gab. Viele gab es davon auch nicht mehr, diese hier stand unter Naturschutz, bleibt uns also noch lange erhalten, und das ist auch gut so. Ich erzählte, dass ich im Sauerland eine Mühle mit einem Wasserrad an einem rauschenden Bach gesehen habe. Dort wird auch heute noch Korn gemahlen. Das angebaute Haus war früher die Wohnung des Müllers und ist heute ein Museum. Die Mühle war auch wunderschön anzusehen. Nur habe ich mir überlegt, der arme Müller musste sich nun Tag und Nacht das Rauschen vom Bach und des Wasserrades anhören. Mal ist das sicher ganz schön, aber immer, ob man sich daran gewöhnen konnte? „Nee", antwortete Gisela, „sicher nicht, ich kann mich ja auch nicht an das Geräusch der Straßenbahn gewöhnen. Da haben wir es auf Omas Hof doch besser".

Günter und Klaus sprachen mit dem alten Müller und dieser lud die beiden zu einer Besichtigung der ganzen Mühle ein. Wir setzen uns derweil draußen auf eine Bank in die Sonne. Es war nicht zu warm, und die Mühlenflügel brachten immer wieder einen kühlen Wind mit. Es war sehr gemütlich hier und duftete nach frischem gemahlenem Korn. Ich hätte nie gedacht, dass man so etwas riechen kann.

Nachdem die beiden ihre Besichtigung beendet hatten, fuhren wir noch ein Stück weiter durch den Ort. „Hier ist ja unser Urgroßvater geboren", erklärte Günter, „das alte Fachwerkhaus steht sogar noch. Es soll so um 1780 erbaut worden sein". „Woher willst du denn das wissen?" fragen wir alle auf einmal. „Vor einigen Jahren habe ich mich schon mal für eine Familienchronik interessiert und bei einigen Katasterämtern in der Umgebung nach Unterlagen gefragt. Hier aus dem Ort hab ich einige Papiere bekommen und zufällig auch gerade eine alte Karte mit dem eingezeichneten Haus unseres Urgroßvaters", berichtete uns Günter. Diese Jahreszahlen konnte Junior kaum glauben, er war immer wieder fasziniert von Deutschland und konnte von seinen Vorfahren gar nicht genug hören. Er wollte das alte Haus gerne betreten. Es war sogar noch bewohnt … seltsam. „Was mögen denn das für Leute sein, die noch in so einem alten Haus wohnen? Ich klopfe einfach mal", sprach ich. Uns wurde die Tür geöffnet und eine alte Frau fragte nach unserem Begehren. Wir entschuldigten uns für die Störung, und erzählen ihr, dass unser Urgroßvater hier in dem Haus geboren wurde. Wir hätten nun gerne gewusst, wie das Haus von innen aussieht, und wie unsere Urgroßeltern hier gelebt haben. Die Frau bat uns ins Haus, sie wollte uns gerne das Haus von innen zeigen. Sie erzählte uns noch, ihre Familie wurde 1945 aus Ostpreußen vertrieben, und sie landeten dann irgendwie mit Pferd und Wagen hier. Jemand hatte ihre Familie in dieses leer stehende Haus eingewiesen und sie waren alle froh, ein Dach über dem Kopf zu bekommen. Später hatten sie sich erkundigt, wessen Haus es war, konnten aber den Besitzer nicht ausfindig machen. So hatten sie plötzlich wieder eine Bleibe. „Wir haben so gut es ging hier auch alles in Ordnung gebracht, ich bin nun die Letzte von unserer Familie und bin hier wohnen geblieben. Aber nun gibt es also doch noch Angehörige? Ich habe das Haus immer von Gott als ein Geschenk betrachtet, und bin nie auf den Gedanken gekommen es wieder hergeben zu müssen", berichtete die alte Frau. „Nein, nein, sie brauchen keine Angst zu haben, wir kommen nicht, um ihnen etwas wegzunehmen. Wir wollen uns nur einmal das Haus etwas ansehen", beruhigte ich sie.

Die alte Frau führte uns anschließend vom Flur aus durch die Küche in ein kleines Zimmer. Von dort ging es durch eine Kammer eine Treppe hinauf, Dort befanden sich noch zwei Zimmer und eine Bodenkammer. Die Wände waren alle sehr dick, das konnte man an den Fensterfüllungen erkennen, die mindestens eine Tiefe von 40 cm. hatten. Im oberen Stockwerk gab es einen eisernen Ofen. Ich staunte und fragte die Frau: „Sollte dieser Ofen beide Räume heizen?" „Na, im Winter ist es schon manchmal hier oben ganz schön kalt, aber ich bleibe ja nun nur noch unten im Haus. Dort steht ein schöner großer Kachelofen, der wärmt schon alles gut durch. Außerdem steht in der Küche ja auch noch der Herd, den heize ich auch mit Holz und Kohle, da wird es in der Küche schnell warm", erklärte sie uns, „im Sommer bleibt es im Haus auch gut kühl, weil die Wände recht dick sind. Also ich kann nicht klagen, Gott hat es schon gut mit mir gemeint. Nur die Pumpe am Haus sollte er im Winter nicht immer einfrieren lassen, darum habe ich ihn auch schon gebeten, aber anscheinend kann er da auch nichts machen". „Sicherlich nicht", sagte ich, „sonst würde er es schon geändert haben". Wir bedankten uns bei der Frau, dass sie es uns ermöglichte, das Haus zu betreten, und gingen alle einigermaßen nachdenklich wieder auf die Straße.

„Ich komme mir vor, als wäre ich in einem Museum gewesen", sagt Wolfgang. Da mussten wir alle zustimmen. Niemand von uns hätte je daran gedacht, jemals in dieses Haus zu gehen, wenn Klaus nicht gekommen wäre. Wir wussten ja noch nicht einmal von diesem Haus. Durch Klaus befassten wir uns nun auch mehr mit unseren Vorfahren. Bis jetzt hatten wir alle überhaupt nicht daran gedacht, es war alles so selbstverständlich.

Elke schlug nun vor, noch eine Kleinigkeit hier im Ort zu essen. „Es gibt hier irgendwo eine Gaststätte, ein Geheimtipp der Berliner. Eine alte Schmiede. Fragen wir doch mal, wie wir dort hinkommen", sprach sie. Man erklärte uns, wir seien dort schon beinahe angekommen, nur noch um die Ecke, dann würden wir das Schild schon sehen. Man, das sah ja wirklich aus wie eine Schmiede, ganz urig. Einige Gäste waren schon da und es war eine seltsame Atmosphäre in den Räumlichkeiten, trotz allem aber interessant. Wir bekamen einen Tisch am Fenster mit schönem Ausblick zugewiesen und die Speisekarte war lang und üppig. Was sollten wir denn nun bestellen? Heute Abend hatten wir den Grillabend, da konnten wir uns jetzt nicht schon den Bauch vollschlagen. „Schaut mal, hier gibt es eine kleine Platte mit Räucherfisch, es ist eine Vorspeise. Das wäre doch sicher etwas für uns", sagte Günter. „Klar, das ist sogar alles Fisch aus unserem See hier. So frisch bekommen wir ihn nie wieder", bemerkte ich. So wurde nur die Vorspeise mit einem Gläschen Wein für jeden bestellt. Es schmeckte wirklich ausgezeichnet, und war eine gute Idee.

Nun wurde es aber allmählich Zeit, uns wieder auf den Heimweg zu machen, um unsere Bestellungen abzuholen. Wenn wir noch lange rumtrödelten, waren die Läden geschlossen. So stiegen wir gestärkt wieder auf unsere Drahtesel und Klaus bedankte sich noch mal bei uns für diesen schönen Ausflug.

Wolfgang kannte die Gegend hier ziemlich genau und schlug einen anderen Rückweg vor. Gerne ließen wir uns führen. Der Weg ging über schöne grüne Wiesen, immer an einem Bach entlang, der von großen Weiden begrenzt wurde. Ach, war das schön hier, hier könnte ich stundenlang fahren. Meinetwegen bräuchte der Weg nie zu Ende gehen. „Hier war ich noch nie", sagte ich. „Aber ganz in der Nähe warst du schon", erklärte mir Wolfgang. „Warte nur noch ein paar Minuten, dann erkennst du alles wieder". Ich glaubte es nicht, hier kamen wir ja an den Nottekanal heran. „Ja, nun kenne ich mich wieder aus. Jetzt müssen wir ja auch schon abbiegen, um in den Ort zu kommen. Du Klaus, das hier ist der

Kanal, wo wir als Kinder immer unsere Krebse herausgeholt haben", berichtete ich. Klaus wollte nun wissen, ob es hier immer noch Krebse gibt. Wir wussten es nicht. Also schauten wir nach und suchten. Norbert sichtete gleich drei Stück auf einer Stelle. Na dann gibt es sicher auch noch mehr, aber wir mussten weiterfahren. Gisela und ich fuhren direkt weiter nach Hause, und die andere Gesellschaft kümmerte sich um unseren bestellten Einkauf.

Eine halbe Stunde später trudelten alle wieder im Haus ein. Elke machte sich gleich an die Arbeit und baute den Grill auf. Wir stellten eine längere Tafel aus zwei Holzgestellen mit langen Brettern her. All diese Sachen standen auch in der Scheune. Klaus und Dieter heizten schon mal den Grill an. Nun noch für 12 Personen die Gläser und Teller. Ich hatte schon am Vortag so ziemlich alles zusammen gesucht und abgewaschen. Einiges war in der Küche. Unten im Keller fand ich auch noch aussortiertes Geschirr. Für hier draußen reichte es allemal. Besteck aus Kunststoff hatte Günter gestern schon mitgebracht. Das Geschirr unten im Keller war einmal für einen Polterabend gedacht, wurde dann aber doch nicht gebraucht. Es war alles ordentlich in Zeitungspapier eingeschlagen und mit einem Zettel für den Polterabend beschriftet. Leider aber ohne Namen des Brautpaares. Hätte zu gern gewusst, für wen das bestimmt war.

Nun kommen auch schon unsere lieben Gäste Hans und Regina, beide mit Anhang. Hänschen durfte ich ihn noch nennen. Er war über Jahre mein Spielfreund und als wir älter waren, joggten wir noch oft abends zusammen um die Brache. Regina war ein Jahr jünger, sie war zu der damaligen Zeit mit Gisela befreundet. Die Ehehälften waren uns so gut wie unbekannt, aber das machte nichts, sie kannten uns schon vom erzählen.

Es ging sodann gleich hoch her und es war eine schöne Wiedersehensfreude. Zusammen stießen wir mit Omas köstlichem Wein auf unser gesundes Wiedersehen und eine gute Zukunft an. Elke hatte auch schon die ersten Grillstücke fertig, ganz köstlich, sie hatte tatsächlich ein gutes Händchen dafür. Es wurde erzählt und gefragt. Die Neuen wollten natürlich auch wissen, wie es in den USA war und wie es dort zuging. Aber uns allen interessierte auch, was Klaus Junior dort gemacht hatte, und wie es der Familie dort ging. Bis jetzt hatte er von sich kaum gesprochen, hatte nur immer gefragt, und wir haben geantwortet. Nun erzählte er uns, dass er wie unser Opa auch Tischler und Zimmerman gelernt hatte. Danach studierte er und sei nun Architekt. In Berlin kannte er ein Architektenbüro, mit dem er in USA viel zu tun hatte. Zusammen haben sie einige große Geschäftshäuser gebaut und eingerichtet. Er möchte demnächst auch mal nach Berlin, sich das Büro anschauen, denn mit einigen Mitarbeitern hat er Freundschaft geschlossen. Dies war nun auch ein Grund, unbedingt nach Deutschland zu kommen. „Die Einladung an meinen Vater kam mir da gerade recht", versicherte er, „so konnte ich doch auch gleich einige meiner deutschen Verwandten kennen lernen und wie ich sehe, kann ich mich wirklich freuen, mit euch zusammen zu sein. Ich hätte das alles nicht so erwartet. Ich komme mir hier vor, wie in einer großen Familie. Daddy hat viel von früher erzählt, das hat sich für mich immer wie ein Märchen angehört, und dann wünschte ich mir immer, das alles auch einmal zu erleben. Nun darf ich das. Dafür danke ich euch".

„Ja, leider bist du nun etwas zu spät dafür gekommen. Am Dienstag oder Mittwoch können wir alle Träume begraben, dann sind die schönen Stunden aus und vorbei", erklärte ich etwas niedergeschlagen. Nun wollte Klaus aber genau wissen, aus welchem Grund das Anwesen so plötzlich verkauft werden sollte. Ich erkläre ihm, „wir sind alle als Omas Erben eingetragen und müssen somit auch alle Steuern, Versicherungen, Reparaturen und was sonst so alles noch anfällt, gemeinsam bezahlen. Einige von uns sind dazu nicht mehr bereit und möchten ihr Erbe lieber ausgezahlt bekommen. Was bleibt uns da anderes übrig, als das Haus zu verkaufen. Aber bis jetzt konnte von uns jeder kommen und gehen, wie es ihm gerade gefallen hat. Jeder hat einen Schlüssel für das Haus. Ich muss zugeben, ich war schon sehr lange nicht mehr hier, aber darauf kommt es nicht an. Der Gedanke daran, dass ich immer hier her kann ist schon so viel wert. Darauf möchte ich nicht verzichten, es ist einfach mein zu Hause". Alle Anwesenden stimmten mir in diesem Punkt zu. Sogar Klaus konnte mich verstehen. Er möchte auch gerne für immer hier ein- und ausgehen können. So wurde nun erzählt und erzählt, wie schön wir es früher doch hatten.

„Einiges ist aber auch geschehen, woran ich immer wieder denken muss, wenn ich an eurem Zaun vorüber gehe", sagte Hänschen, „Wolfgang und ich, wir standen einmal am Zaun. Wolfgang von innen und ich dahinter. Du, Wolfgang standest unten auf der Eisensprosse und schaukeltest immer hin und her. Plötzlich bist du mit dem Fuß abgerutscht und hast dir oben die Eisenspitze vom Zaun in das Kinn gebohrt. Du warst richtig auf dem Zaun aufgespießt. Man war das furchtbar, ich darf heute noch nicht daran denken. Deine Mutter hat dich dann befreit". „Ja, das stimmt, die Narbe habe ich immer noch. Tagelang konnte ich nicht richtig essen, die Zunge hatte auch was abbekommen. Nun ist es aber vergessen", ergänzte Wolfgang. So erzählte jeder von uns noch einige Erlebnisse von früher und dann wurde es allmählich Zeit für unsere Gäste zum Aufbruch. Der Grill war inzwischen auch leer und die Holzkohle glimmte nur noch wenig. Auch der Tag war nun vorüber. Die Gäste verabschiedeten sich mit den Worten: „War schön, euch wieder zu sehen, und wir sehen uns noch". Elke verwahrte das Feuer unter dem Grill, und so verschwand dann einer nach dem anderen im Haus. Nur ich ging auf dem Hof noch langsam und nachdenklich umher. Klaus gesellte sich noch zu mir. Nach einem Weilchen meinte er: „Zu schade, dass nun in ein paar Tagen das alles Vergangenheit ist. Ich komme mir vor wie in einem Traum, von dem ich gar nicht mehr aufwachen möchte". Klaus sprach mir aus der Seele, und ich dachte, nur mir geht es so. „Ja Klaus, ein Wunder wird nun sicher nicht mehr geschehen, und wir müssen uns alle damit abfinden. Schade ist nur, du konntest das alles nur ein paar Stunden oder Tage miterleben, aber wenigsten das. In Erinnerung werden dir auch diese wenigen Stunden in Deutschland bleiben und nun weißt du, wo deine Wurzeln sind".

Die Tage, bis der Makler mit dem Käufer kommen sollte, verlebte jeder auf seine Weise. Es wurden keine gemeinsamen Ausfahrten mehr unternommen. Nur Günter war gemeinsam mit seinem Neffen ständig unterwegs und zeigte ihm alles, was es sonst hier in der Umgebung noch gab. Am Abend kam Hänschen noch mal zu uns, und wir plauderten wieder über vergangene Zeiten. Bei dem Gespräch fiel mir auch noch ein, wie er im

Wald hinter dem Haus von den hohen Kiefern die Elsternester ausraubte. „Ich habe immer tausend Ängste ausgestanden, wenn du da barfuß hochgeklettert bist", lachte ich. „Komisch", meinte er, „ich habe nie gedacht, da irgendwie abzurutschen, aber wenn ich meine Kinder je dabei ertappen würde, dann hätte es schon was gegeben. Da kann man mal sehen, wie sich die Zeiten ändern". Uns fielen auch wieder die Krebse ein, die wir oft zusammen gefangen hatten. Hänschen war aber später auch nie wieder dort, um welche zu fangen. Aus welchem Grund, konnte er selbst nicht sagen. Dabei machte es doch immer rechten Spaß. Nun … zusammen, das war eben auch etwas anderes, wir beide waren schon ein wunderbares Team.

So vergingen die letzten beiden Tage. Wir aßen zusammen oder stöberten im Haus, im Keller und der Scheune herum und entdeckten immer wieder irgendwelche Sachen von früher. Niemand dachte daran, davon etwas zu entrümpeln. Jeder von uns fürchtete sich, auch nur daran zu denken. Ich konnte die beiden letzten Nächte schon nicht mehr schlafen und den anderen ging es auch nicht besser. Ich hörte immer wieder jemanden die Treppe hinauf oder hinunter laufen. Morgens machten alle einen müden und verschlafenen Eindruck. Nichts war mehr von dem Unternehmungsgeist der ersten Tage zu spüren. Nur Junior war wie am ersten Tag. Ich beneidete ihn direkt. Na ja, seine Kindheit hat er hier nicht verlebt, also verlor er auch nicht so viel wie wir. Mein Handy klingelte, endlich hatte diese Warterei ein Ende. Es sollte der Makler sein. Oh nein, das durfte doch nicht wahr sein. Ingrid war am anderen Ende, sie wollte nun endlich wissen, wann ihr Geld überwiesen wird. Ich antwortete barsch: „Hol's dir doch", und legte auf. Alle Anwesenden schauten mich erstaunt an. So böse und schnippisch hatte mich noch niemand gesehen. Klaus fragte ganz leise: „Was ist denn passiert?" „Ach, es war nur unsere Cousine Ingrid, sie bekommt ihr Geld nicht schnell genug" gab ich beiläufig zur Antwort. Günter schüttelte nur den Kopf und sagte … „dämliche Ziege".

Etwas später klingelte mein Handy erneut und am anderen Ende war der Makler. Er meldet sich an, in einer halben Stunde bei uns sein zu wollen. Nun wurden wir alle nervös, sofern wir es nicht schon waren. Der Einzige, der die Ruhe bewahrte, war Klaus. Aus diesem Grund schlug ich auch vor, er und Günter sollten nach Möglichkeit mit dem Käufer und dem Makler verhandeln. Wir waren uns so einigermaßen über den Preis einig. Wir mussten abwarten und mal schauen, was dabei herauskam. Am liebsten hätte ich mich verdrückt und musste vor Schreck auch noch auf die Toilette.

Nach gut 20 Minuten waren Käufer und Makler bei uns und wollten sich das Haus von oben bis unten erst einmal richtig ansehen. Anschließend auch noch die Kellerräume und das ganze Grundstück. Die Besichtigung von Haus und Keller war schnell gemacht, für den großen Garten benötigten sie etwas länger. Der Käufer ging mit dem Makler immer voraus. Sie sprachen leise miteinander, dabei würdigten sie uns keines Blickes. Wieder auf dem Hof vor dem Haus angekommen, blieben sie stehen. Der Käufer erklärte: „Ja, das Grundstück ist ziemlich lang, aber in der Breite könnte es schon etwas mehr haben. Das müsste man bei dem Preis schon berücksichtigen. Wenn man hier zum Beispiel ein Reihenhaus bauen wollte, wäre ja nur Platz für einen kleinen Vorgarten. Das ist dann schon sehr hinderlich beim Verkauf. Also müssen sie schon einsehen, dass man bei einem so schmalen Stück Land nicht den vollen Preis zahlen kann. Dann weiter zum Haus, da müsste jede Menge dran gemacht werden, um es auf Vordermann bringen zu können. Das ganze Gehöft entspricht in keiner Weise dem heutigen Standard. Die Wohnungen sind zu klein, man müsste alles umbauen, und dann statt vier Wohnungen zwei ausbauen. Das kostet natürlich. Außerdem müsste das ganze Haus entrümpelt werden, aber das machen ja sicher sie noch? Dann zum Keller. Es sind ja richtige Kellergewölbe, wer möchte denn so etwas heute noch? Zurzeit möchte jeder einen Keller, der auch zu heizen ist, und wo man richtig herinnen feiern kann. Alles müsste für viel Geld umgebaut werden, wenn man das vermieten will. Also so, wie sie die Kaufsumme vorgeschlagen haben, das kann ich natürlich nicht akzeptieren. Allerhöchstens die Hälfte. Ich sage aber wirklich allerhöchstens. Ich verteile schließlich keine Almosen. Wenn ich die Arbeit habe, will ich auch daran verdienen. So ist nun mal das Geschäft, und sie wollen ja verkaufen, also müssen sie schon auf meine Bedingungen eingehen".

Ich sah aus dem Augenwinkel gerade noch, wie Junior tief Luft holte, er war käseweiß im Gesicht. Plötzlich schrie er: „Raus! Raus! Aber ganz schnell, alle beide, sonst vergesse ich mich". Der Makler wollte schlichten und meinte, man könne doch noch einmal über alles sprechen, doch Junior war so wütend und brüllte: „Wenn hier noch jemand in zwei Minuten steht, rufe ich die Polizei und mache eine Anzeige wegen Belästigung". Dieser Satz zeigte Wirkung. Die beiden gingen und ich hörte gerade noch, wie der Makler zum Käufer leise sagte, sie sind etwas zu weit gegangen mein Lieber, der daraufhin antwortete: „Man kann es doch mal versuchen".

Auf dem Hof war es plötzlich ganz still. Niemand sagte einen Mucks. Plötzlich begann Dieter zu lachen, wir alle schauten auf und schließlich lachten wir alle laut und befreit mit. Günter war der Erste, der wieder sprach.

„Gratuliere Klaus, das hast du richtig gemacht. Das war das einzig Richtige, mit solchen Gangstern umzugehen. Aber was machen wir nun?". Minutenlang herrschte Stille. Klaus kannte nun unsere Preisvorstellung, druckste ein wenig herum und sagte: „Also, ihr wollt um jeden Preis verkaufen?" Wie aus einem Mund antworteten wir gemeinsam: „Nein, unsere anderen Vettern und Cousinen wollen verkaufen. Sie wollen etwas Geld sehen, anstatt jedes Jahr Steuern zu zahlen". „Tja, was nun? Ich mache euch einen Vorschlag", begann Junior, „ihr verkauft das Haus nicht an einen Makler. Ich kaufe euch das halbe Haus für einen einigermaßen annehmbaren Preis ab. Ihr wisst, wie viel Erbberechtigte es noch außer euch gibt, und so könnt ihr sie mit dem Geld von mir auszahlen. Ich denke, es werden noch einmal so viel sein, wie ihr hier. Euch gehört dann die andere Hälfte wie eh und je. Ihr könnt wieder kommen und gehen wie immer und wie es euch gefällt. Ich renoviere alles was anfällt so gut ich kann, und ihr bezahlt eure Steuern und so weiter wie immer, da es ja euch gehört. Wie ihr untereinander zu Recht kommt, müsst ihr selbst entscheiden. Ihr könnt es euch ja alles noch mal in Ruhe überlegen. Wenn ihr dann damit einverstanden seid, können wir schon morgen oder übermorgen gehen und einen Vertrag aufsetzen".

Es herrschte absolute Stille, niemand sprach

ein Wort. Allen hatte es die Sprache verschlagen. Junior wurde so langsam unsicher und sagte: „Ich dachte, ehe alles in fremde Hände kommt, kümmere ich mich lieber darum. Nun kommt von euch aber gar keine Reaktion, was soll das?"

Plötzlich gab es doch einen Applaus von uns. Einige lachten und einige hatten Tränen in den Augen. Wir antworteten alle wie aus einem Mund: „Aber klar doch Klaus. Mit so einer Lösung hätte aber niemand gerechnet und deshalb unsere Sprachlosigkeit. Aber was willst du denn mit dem halben Haus, du bist doch nie hier in Deutschland?" Klaus antwortete darauf: „Wer weiß, womöglich kommt alles anders als man denkt. Ich hatte doch erzählt, dass ich Kontakte zu einer Berliner Firma habe, mit der ich schon in USA zusammen arbeite. Ich hatte sowieso vor, einige Zeit in Deutschland zu bleiben und als freier Mitarbeiter in diese Firma einzusteigen. Am Freitag habe ich dort einen Termin. Ich finde jedenfalls, es ist dann auch ganz schön, wenn man weiß, wo man zu Hause ist". Wir jubelten: „Klaus du bist unser Sechser im Lotto. Aber Junior, wenn du das Haus in Stand setzen willst, das kostet dich doch auch jede Menge Geld". „Ja, das schon, aber ich sagte euch auch, ich habe Tischler und Schreiner gelernt, da findet man immer Mittel und Wege, um ein Haus wieder auf Vordermann zu bringen. Ich kann selbst viel machen, und es drängt ja niemand. Das Haus ist bis jetzt nicht zusammen gefallen und das wird es auch in Zukunft nicht", erklärte uns Junior.

Wir sind von dieser Vorstellung alle vollkommen begeistert, versprechen, unsere nächsten Urlaube hier zu verbringen und mit Rat und vor allem mit Tat dabei zu sein. Was war nur aus diesem Tag geworden, der so traurig für uns begann. Jedenfalls nahmen wir uns nun alle vor, die kleinen Wohnungen im Obergeschoss selbst wieder in Schuss zu bringen und unseren Junior ewig für seine Unterstützung dankbar zu sein.

Schon am nächsten Tag fuhren wir zum Notar und brachten alles zu aller Zufriedenheit unter Dach und Fach. Wir fühlten uns nun wieder so richtig glücklich. Ich meinte: „Wenn uns Oma und Opa von oben sehen würden, sie wären sicher auch froh über diesen Ausgang. Alles bleibt in der Familie" Wir waren uns einig, noch bis zum Wochenende im Haus zu verbleiben, schließlich wollten wir auch wissen, wie sich Junior mit der Firma in Berlin arrangierte. In der Zeit, in der Klaus in Berlin ist, arbeiteten wir wie die Wichtelmännchen. Wir schrubbten, putzten und striegelten so gut wir konnten - die Männer im Hof und Vorgarten und wir im ganzen Haus. Wir holten aus den Wohnungen im Obergeschoss die schönsten Möbelstücke und richteten damit für Klaus unten die Wohnung ein. Er sollte sich in seinem neuen Zuhause wirklich wohl fühlen.

Als Klaus nach zwei Tagen aus Berlin zurück kehrte, erkannte er seine Wohnung nicht wieder. Er konnte nicht glauben, dass wir in der kurzen Zeit eine so gemütliche Bleibe für ihn errichtet hatten. In allen Räumen standen nun viele alte, aber sehr schöne Möbel für ihn. Fast alle Möbelstücke fertigte Opa noch selbst an, waren also echte Handarbeit. Klaus war unbändig stolz auf seine neue Wohnung. Er sagte immer wieder: „Was würde ein Amerikaner für diese Möbelstücke für Dollars hinlegen. Ich bin nun aber wirklich froh und glücklich, dass ich mich hier bei euch eingekauft habe. Etwas Besseres hätte mir nicht passieren können". „Und uns auch nicht Klaus", antworteten wir einstimmig.

Klaus hatte in der besagten Firma einen guten Vertrag aushandeln können, erst einmal für zwei Jahre. Er musste nicht einmal jeden Tag nach Berlin, obwohl es mit dem Auto keine große Anstrengung bedeuten würde. Er konnte von zu Hause aus mit dem Computer so ziemlich alle Arbeiten erledigen. „Au, das ist fein. Wenn du dann hier auch im Internet bist, sind wir nicht aus der Welt. Wir können zu jeder Zeit ganz schnell miteinander in Verbindung treten" freute ich mich.

Günter fragte: „Meinst du, dein Daddy würde dann auch mal für einige Zeit zurück nach Deutschland kommen?" Klaus antwortete darauf: „Das war irgendwie von mir auch Sinn und Zweck der Sache. Er hat wirklich sehr große Sehnsucht nach Deutschland und der Familie, aber er möchte niemanden zur Last fallen, und in ein Hotel geht er um keinen Preis". „Man Klaus, aus welchem Grund hast du uns das nicht schon früher erzählt, er hätte doch auch hier in einer der kleinen Wohnungen im Haus wohnen können. Es waren doch auch seine Großeltern. Na nun wird jedenfalls alles gut", erklärte ich ihm.

Unsere schöne und aufregende Zeit ging nun dem Ende entgegen, aber nicht für immer. Wir hatten jetzt alles hier noch viel lieber gewonnen, als in den letzten Jahren zuvor. Außerdem gab es hier für uns noch sehr viel zu tun, das hatten wir schließlich unserem Junior versprochen.

Vor allem war uns aber jetzt bewusst, dass beinahe ständig jemand im Haus sein würde, wenn wir anreisten – fast so wie früher bei Oma und Opa.

Wir versprachen uns gegenseitig, demnächst wieder zu kommen, und zwar nicht erst in zehn Jahren und so wurde es am nächsten Morgen ein fröhlicher Abschied, mit der Aussicht auf ein baldiges Wiedersehen.

ENDE